돈을 끌어당기는 사람들의 비밀

국립중앙도서관 출판시도서목록(CIP)

돈을 끌어당기는 사람들의 비밀 / 도리이 유이치 지음
; 이봉노 옮김. -- 인천 : 북뱅크, 2008
   p. ; cm
원표제 : お金持ちにはなぜ, お金が集まるのか
원저자명 : 鳥居祐一
참고문헌수록
일본어 원작을 한국어로 수록
ISBN 978-89-89863-59-5 03830 : ₩10000

327.04-KDC4
332.024-DDC21   CIP2008000326

돈을 끌어당기는
사람들의 비밀

백만장자 컨설턴트 **도리이 유이치** 지음 · **이봉노** 옮김

북뱅크

돈이 따르는 사람과 그렇지 않은 사람은 종이 한 장 차이이다!

느닷없는 질문입니다만, 당신은 성공하고 싶으십니까?

"그걸 말이라고 하는 겁니까? 성공하기를 원하지 않는 사람도 있습니까?"

하고 이상하게 쳐다보며 반문하실지 모르겠지만, 이렇게 물어보는 데에는 그럴 만한 이유가 있습니다.

나는 백만장자 컨설턴트로서 지금까지 속칭 성공했다는 사람들을 수없이 만나왔습니다. 그 중에는 엄청난 억만장자도 많았습니다. 그리고 그런 사람들과 실제로 만나 많은 이야기를 나누면서, 그들이 어떤 생각을 하고 있으며 어떤 행동을 취하는지에 대해 연구를 해왔습니다.

그러다가 한 가지 깨닫게 된 사실이 있습니다. 그것은 우리가 간단히 성공한 사람이라고 이야기하지만, 자세히 살펴보면 거기에는 두 종류의 유형이 있다는 것입니다.

성공한 사람들은 분명 돈이 많습니다. 하지만 그렇다고 해서 성공한 사람들이 모두 행복한 생활을 하고 있느냐 하면, 반드시 그렇지는 않았습니다.

물론 대부분의 성공한 사람들은 돈이 많고 게다가 마음도 풍족하게 여유로운 인생을 보내고 있습니다. 즉, 성공한 '인생'을 사는 사람들입니다. 그러나 그 중에는 돈은 많지만 결코 행복하지 못한 사람, 마음이 풍족하지 못한 사람들도 있었습니다. 그들은 금전적으로는 성공했지만 결코 인생에서는 성공했다고 할 수 없는 사람들입니다.

따라서 나는 양자를 구별하기 위해 돈도 많으면서 마음도 여유롭고 행복하게 사는 사람을 특별히 '성공인'이라고 지칭하고 있습니다.

그런데 어째서 이와 같은 차이가 생기는 걸까요. 나는 그에 대한 해답을 찾아냈습니다. 그 차이는 바로 '돈 쓰는 법'에 있었습니다.

내가 '성공인'이라고 부르는 사람들의 공통점은 돈을 매우 요령 있게 쓴다는 점입니다. 바꾸어 말하면, 그들은 돈을 요령 있게 썼기 때문에 '성공인'이 될 수 있었던 것입니다.

내가 좋아하는 경영자 중에 『부자학』, 『하고 싶은 일을 하면서 성공하는 비결』, 『대부호가 되는 법』 등의 저자로, 롯폰기 힐즈 꼭대기 층에 살면서 매스컴에도 자주 등장하는 세키구치 후사로 (関口房朗)라는 분이 있습니다. 그의 지론은 '돈은 자꾸 써야 불어나고 가치도 있다'는 것입니다. 나도 이 말에는 전적으로 동감합니다.

사실은 나 자신도 1993년 말에 샐러리맨을 걷어치운 이래 거의 무일푼 상태에서 약 2년 만에 세미리타이어 상태의 여유로운 생활을 즐길 수 있게 되었는데, 지금 생각해 보면 그 계기는 바로 돈 쓰는 법을 바꾼 것이었습니다.

이 책에서 그런 내 자신의 체험과 함께 지금까지 많은 성공인들을 만나 직접 배워 온 돈 쓰는 법과 그들의 생각을 모두 알려 드리도록 하겠습니다.

사람에 따라 금액에는 차이가 있겠지만, 우리는 모두 어떤 형태로든 매일 돈을 쓰며 살고 있습니다. 그런데 평소의 돈 쓰는 법을 약간 바꾸기만 하면 행복을 향한 레일에 올라탈 수 있다고 한다면 당신은 어떻게 하시겠습니까?

사실 성공인과 그렇지 못한 사람과는 단지 종이 한 장의 차이 밖에 없습니다. 그 차이라는 것은 바로 돈 쓰는 법을 의식하고 있느냐 그렇지 않느냐, 단지 그것뿐이라고 해도 과언이 아닙니다.

　이 책을 읽는 분들께 부탁드리고 싶은 것이 있습니다.
　설사 당연하다고 생각되는 내용이라 하더라도, 그것이 지금 당신이 하고 있지 않은 일이라면 오늘부터 당장 실행에 옮기십시오. 그리고 혹 무리라고 생각되는 내용이라 하더라도 지금 당신이 할 수 있는 범위 내에서 꼭 도전해 보십시오. 그렇게 한다면 당신은 분명히 달라질 것입니다. 그리고 머지않은 장래에 반드시 성공인이 될 수 있을 것입니다.
　돈 쓰는 법의 기본을 철저하게 배워서 하루라도 빨리 당신이 꿈꾸는 여유로운 인생을 누리시기를 간절히 기원합니다.

도리이 유이치

● 차 례 ●

돈을 끌어당기는 사람들의 비밀

제1장 돈이 따르는 사람들은 돈 쓰는 법을 안다
| 먼저 돈과 성공의 본질을 파악하자 |

① 지금 바로 시작할 수 있다

② 앞으로도 계속할 수 있다

③ 마음이 여유로워진다

④ 기회 잡기가 쉬워진다

⑤ 행운을 끌어들일 수 있게 된다

제5장 '뜻 있는 일'과 '실패의 반복'이 성공의 지름길
| 비즈니스에서 감수해야 할 리스크와 피해야 할 리스크 |

Tomorrow naver comes!

①

돈이 따르는 사람들은
돈 쓰는 법을 안다

| 먼저 돈과 성공의 본질을 파악하자 |

돈은 어떻게 버느냐보다 어떻게 쓰느냐가 중요

지금 생각해 보면, 월급쟁이 시절에 나는 '어떻게 하면 월급을 좀 더 많이 받을 수 있을까?', 그 후 월급쟁이를 그만두고 내 사업을 하게 되고 나서도 처음 당분간은 '어떻게 하면 좀 더 많은 돈을 벌 수 있을까?' 하는 생각만 머릿속에 가득했습니다.

물론 수입을 늘린다는 의미에서는 이런 생각이 나름대로 중요하겠지만, 인생에서 성공하기 위해서는 사실 이런 생각만 해서는 안 됩니다.

왜냐하면, 돈이라는 것은 어떻게 버느냐보다 어떻게 쓰느냐가 더 중요하기 때문입니다.

실제로 내가 만난 성공인들은 대부분 돈을 '어떻게 쓰느냐' 쪽에 더 무게를 두고 있었습니다. 나 자신도 돈 버는 법보다는 돈 쓰는 법을 의식하게 된 후로 금전운이 따르기 시작했습니다.

또 대부분의 세상사가 받는 것보다는 주는 것을 더 의식해야 일이 잘 풀리도록 되어 있다는 것도 '어떻게 쓰느냐' 가 더 중요한 이유 가운데 하나라고 할 수 있을 것입니다. 악착같이 절약하면서 돈을 모으는 것도 중요하지만, 반대로 과감하게 씀으로써 돈이 불어난다고 하면 구미가 당기지 않겠습니까?

이 책에서는 돈을 절약하는 것이 아니라 돈을 효과적으로 써서 성공하는 방법을 소개해 드리고자 합니다. 그것은 또한 내가 만나온 많은 성공인들이 실천하고 있는 신념이기도 합니다.

돈은 자신의 꿈을 실현하거나 필요한 것을 얻기 위한 도구에 지나지 않으므로, 돈을 모으기만 해서는 통장의 숫자만 늘어날 뿐입니다. 돈이란 것은 효과적으로 씀으로써 자신이나 주위 사람들을 행복하게 만들 수 있는 매우 멋진 도구입니다. 따라서 그 도구를 이용하여 가치 있는 것과 교환해야만 비로소 가치가 생기는 것입니다.

지금까지 돈 쓰는 법에 무관심했던 분들도 많으리라 생각하는데, 이 책을 통해 현명하게 돈 쓰는 법의 힌트를 한 가지라도 얻게 된다면 더 바랄 것이 없겠습니다.

내보낸 만큼 들어오는 것이 삼라만상의 이치

잘 내보내면 잘 들어온다. 이것은 자연의 섭리이기도 합니다.

한 예로 호흡을 생각해 봅시다. 평소에 숨을 들이마시거나 내쉬는 것을 의식하면서 호흡하는 사람은 아마 없을 것입니다.

그러나 세상에는 '좋은 호흡법'이라는 것도 있습니다. '좋은 호흡법'의 비결은 먼저 의식을 집중하면서 숨을 내쉬어 폐 속의 공기를 완전히 내뱉는 것이라고 합니다. 실제로 해 보면 알 수 있는데, 이제 더 이상 내쉴 수 없을 정도까지 숨을 완전히 내뱉고 나면 굳이 의식하지 않아도 자연적으로 공기가 폐 안으로 들어오게 됩니다.

반대로 어중간하게 숨을 내쉬면 폐 가득 공기를 들이마시려 해도 잘 되지 않습니다. 그래서 '숨을 내쉬는 것(=내보내는 것)'을 의식하는 것이 중요합니다.

수영을 할 때의 호흡도 마찬가지입니다. 수면 위로 얼굴을 내밀면서 동시에 숨을 들이마시려다가 물을 먹은 적이 있는 사람이 많을 것입니다. 호흡을 잘 하기 위해서는 얼굴을 내밀면서 동시에 먼저 숨을 완전히 뱉어내는 것이라고 합니다. 그러면 자연적으로 많은 공기가 폐 속으로 들어오는 법이지요. 잘 내보내면 저절로 들어온다는 것입니다.

사실 인간의 몸도 그렇게 되어 있습니다. 예를 들어 음식을 먹기만(받아들이기만) 하고 배출하지(내보내지) 않는다면, 몸 상태가 나빠질 수밖에 없겠지요.

또, 짜증이 나거나 고민거리가 있을 때 그것을 발산하지 않은 채 끌어안고만 있으면 우울증으로 발전할 수도 있습니다. 그러나 누군가에게 고민거리를 하소연하거나 울면서 감정을 토해내고 나면 속이 시원해지고 편해지는 것을 누구나 경험해 보았을 것입니다.

이와 같이 삼라만상 모두가 잘 내보내야만 잘 들어오게 되어 있는 법입니다.

'돈은 돌고 돈다'와 'GIVE&TAKE'의 공통점

돈에 관한 격언에 '돈은 돌고 돈다'는 말이 있습니다.

이 말의 의미는, '돈은 한 곳에만 머물러 있는 것이 아니라, 없다가도 있을 수 있고 있다가도 없을 수 있다'는 뜻입니다. 확실히 그렇다고는 생각하지만, 나는 이 격언의 진정한 의미는 이와 같은 표면적인 현상이 아니라, 훨씬 깊은 의미를 내포하고 있다고 생각합니다.

무슨 말이냐 하면, '원래 돈이라는 것은 세상을 돌고 도는 것이기 때문에, 혼자서만 움켜쥐고 있어서는 안 되며, 들어온 돈은 쓰지 않으면 안 된다는 것입니다. 그럴 때 요령 있게 돈을 쓴다면 그 돈이 돌고 돌아 언젠가는 다시 나에게 돌아온다'는 의미입니다.

사실 이런 생각은 내가 많은 성공인들로부터 배운 내용과 일치합니다.

이 생각에는 두 가지 포인트가 있습니다.

하나는 자신에게 들어온 돈은 움켜쥐고 있지 말고 써야 한다는 것. 그리고 또 하나는 돈을 쓸 때는 요령 있게 써야 한다는 것입니다. 그야말로 자연의 섭리를 거스르지 않고 베푸는 것을 의식한 생각이라고 할 수 있을 것입니다.

서양에도 'GIVE&TAKE' 라는 말이 있습니다. 이 말도 잘 살펴보면 'TAKE&GIVE' 가 아니라 'GIVE&TAKE' 로 'GIVE' 가 먼저 나옵니다. 다시 말해, 서양에서도 받는 것이 먼저가 아니라 주는 것(= 내보내는 것)이 먼저라는 이야기입니다.

이것은, 효과적으로 쓰면 돌고 돌아서 다시 나에게 돌아온다는 생각은 동·서양이 마찬가지라는 이야기이며, 실제로 내가 만난 미국의 성공인들도 한결같이 이러한 생각을 하고 있었습니다.

근검한 사람과 구두쇠의 커다란 차이

쓰는 것을 중요하게 여기라고 하면, 돈을 분별없이 낭비하는 것을 떠올리는 사람도 있을지 모르겠습니다. 그러나 나는 지금까지 일본뿐 아니라 전 세계의 성공인들을 만나왔는데, 그들의 공통점은 쓸데없는 돈은 전혀 쓰지 않는다는 점입니다.

아무리 가격이 싸더라도 필요 없는 것은 사지 않으며, 수돗물을 틀어놓은 채로 방치하는 낭비도 하지 않습니다. 또 대부분은 쇼핑이나 식사를 할 때 할인 쿠폰 쓰는 것을 전혀 부끄러워하지 않는, 그야말로 검약가들입니다.

그러나 그들은 절대 구두쇠는 아닙니다. 바로 이것이 포인트입니다.

구두쇠란 어쨌든 자신의 지갑에서 돈이 나가는 것을 아까워하는 사람을 말합니다. 따라서 이유도 없이 가격을 깎으려고 하고, 당연히 돈을 지불해야 할 때도 이러쿵저러쿵 트집을 잡아서 돈을 내려 하지 않습니다. 즉, 꼭 지불해야 할 상황인데도 지불하려고 하지 않는 것입니다.

분명히 말하지만, 인색한 사람은 따돌림을 당하게 됩니다. 특히 여자들로부터 따돌림을 당할 확률이 100%라고 해도 과언이 아닐 것입니다.(웃음)

인색한 사람은 금전운이 따르지 않으므로, 일시적으로 큰돈이 굴러들어올 수는 있어도 결코 성공인이 될 수는 없습니다. 오히려 푼돈을 아끼려다 평판만 나빠지고 신용을 잃은 사람을 나는 자주 보아 왔습니다.

결국 인색한 사람은 그 순간은 이득을 보았다고 생각할지 모르지만, 남들로부터 따돌림을 당하게 되므로 긴 안목으로 보면 더 큰 것을 잃게 되는 것입니다. 이것은 아주 중요한 포인트입니다.

이에 반해 성공인들은 지불해야 할 상황에서는 정확하게 지불하고, 돈을 써야 할 상황에서는 기분 좋게 씁니다.

예를 들어 무슨 청구서가 날아들면, 청구서에 적힌 납부기한을 다 채워서 지불하는 것이 아니라, 청구서가 도착하면 바로 지불합니다. 또 남에게 일을 부탁할 때 보수를 선불로 지불하는 사람도 많습니다. 하루라도 빨리 돈을 지불하면 상대방의 기분도 좋아져서 일을 더 열심히 한다는 것을 알고 있기 때문입니다.

하지만 척척 돈을 쓰기는 하지만, 친구들과 술을 마시러 가서 번번이 '내가 쏠게.' 하며 혼자 도맡아서 계산을 하지는 않습니다. 또 택시비를 지불할 때 거스름돈을 받지 않는 경우도 없습니다.

이것은 단순한 허세에 지나지 않기 때문입니다. 성공한 사람들은 자신의 허영심을 만족시키기 위해 돈을 쓰는 일은 없습니다.

또한 성공인들은 돈뿐 아니라 물건도 낭비하지 않습니다.

예를 들어 뷔페식이라고 해서 다 먹지도 못할 정도로 많은 음식을 들고 오는 일도 없으며, 호텔에 묵을 때 객실에 구비되어 있는 수건을 있는 대로 다 사용하는 일도 없습니다.

그들에게는 '아무리 먹어도 요금은 같으니까 먹지 않으면 손해'라거나, '비싼 돈을 냈으니까 다 사용하지 않으면 손해' 혹은 '어차피 공짜니까'라는 식의 발상을 하는 일이 없습니다.

일시적인 벼락부자와 진정한 성공인의 결정적인 차이

또 갑자기 벼락부자가 된 사람과 진정한 성공인 사이에서는 돈 쓰는 법에서 결정적인 차이를 발견할 수 있습니다. 그것은 물욕에 이끌리느냐 그렇지 않느냐 하는 점입니다.

일시적으로 벼락부자가 된 사람은 자칫 물욕에 이끌리기 쉽습니다.

돈 조금 벌었다고 바로 벤츠나 BMW, 포르셰와 같은 고급 외제차를 사려고 합니다. 그 중에는 호화 요트를 구입하는 사람도 있습니다. 또 유명 브랜드의 고급 시계나 고급 양복 등에 거액의 돈을 쓰는 사람도 많습니다.

물론 성공인들도 고가품을 가지고 있습니다. 고급 외제차나 요트를 구입하는 사람도 있습니다.

그러나 그들이 이런 것을 사는 것은 일에 필요하기 때문이지, 자신의 허세를 위해서가 아닙니다.

반대로, 어쩌다 벼락부자가 된 사람들이 고급외제차나 유명

브랜드 제품을 사는 이유는 대개 자기과시를 위해서입니다. 그런 고급품으로 자신의 허영심을 충족시키거나 우월감을 맛보려고 하는 것입니다. 이는 자기현시욕의 표출이며, 한편으로는 열등의식의 반증이기도 합니다.

내가 경험한 바로는, 성공인들은 의외로 수수하여 겉으로 보아서는 알아보기 어려울 정도입니다.

내가 월급쟁이를 그만두기로 결심한 진짜 이유

여기서 내 자신에 대한 이야기를 잠깐 하겠습니다.

현재 나는 개인투자가로서의 수입과 내가 운영하는 세 개의 회원제 프로그램에서 들어오는 수입을 주 수입원으로 하여, 다른 사람의 관리를 받지 않는 자유로운 생활을 즐기고 있습니다.

세 개의 회원제 프로그램이란 내가 실증한 고수익 투자기법을 전수하는 'FX투자 개별지도 프로그램' 과, 코칭과는 다른 관점에서 성공으로 인도하는 '멘토 프로그램' 그리고 미국의 억만장자들로부터 배운 백만장자들의 마인드를 음성으로 소개하는 업계 최초의 온라인 스쿨 '밀리어네어 칼리지' 를 말합니다.

지금이야 어느 정도 여유 있는 생활을 할 수 있게 되었지만,

월급쟁이를 그만둔 1994년 당시에는 정말로 매일 라면밖에 먹을 수 없는 극빈생활을 경험했습니다.

내가 꿈과 희망을 안고 회사원 생활에 종지부를 찍은 것이 1993년 말의 일로 내 나이 서른두 살 때였습니다. 이렇게 말하면 그럴듯하게 들릴지 모르겠습니다만, 실제로는 현실로부터 도피를 한 것일 뿐입니다.

월급쟁이 시절 나는 콩나물시루 같은 만원 지하철에 시달리면서 회사에 다녔고, 매일같이 보기 싫은 직장 상사에게 잔소리를 들어야만 했습니다. 그 상사는 하루도 빠지지 않고 '정신이 있는 거야 없는 거야!' 하는 식으로 욕을 해대곤 했습니다.

여러분도 이런 경험이 있을지 모르겠습니다만, 업무상 아무 관계도 없는 일에 대해서까지 꼬치꼬치 잔소리를 들어야 했고 인격을 모독하는 듯한 '언어폭력'도 당했습니다. 요즘 말하는 소위 '파워 해러스먼트(Power Harassment: 부하 괴롭힘)'였던 것입니다.

또 윗사람에게 실적을 빼앗기거나 실패에 대한 책임을 뒤집어쓰는 일은 다반사였고, 직장 전체의 분위기도 위에서 검다고 하면 흰 것도 검은색이라고 해야 할 정도였습니다. 흰 것을 희다고 하여 좌천당한 사람을 나는 여럿 보았습니다.

모든 일본 기업이 그렇다는 것은 아니지만, 적어도 내가 다니던 회사는 그런 분위기였습니다.

나는 유소년 시절을 미국에서 보낸 탓인지 처음부터 일본의 이러한 기업사회에는 적응이 되지 않았습니다. 미국에서는 자신의 의견을 정확하게 말하지 않으면 공정하지 않다고 생각되는데 반해, 일본에서는 자신의 의견을 말하면 협조성이 없다는 식으로 받아들여졌습니다. 그래서 말하고 싶은 게 있어도 입을 열지 못했습니다.

　　매달 받는 월급은 이렇게 모든 감정을 억누르고 받는 '인내의 대가(代價)'였던 것입니다.

　　그야말로 지나치다고밖에 할 수 없는 환경 속에서 나는 점차 회사의 가축처럼 사육되어 갔으며, 무기력하고 말수도 적어졌습니다. 그리고 회사에 출근하는 것이 정말이지 죽기보다 싫어져, 아침이 되면 회사 나가기가 두려워 이불 속에서 나오지도 못할 정도로 완전한 출근 거부증에 빠져버렸던 것입니다.

　　회사를 그만두기 직전에 나는 정말 정신적으로나 육체적으로나 지칠 대로 지친 상태였습니다.

　　이제 돌이켜보면, '그런 생활은 두 번 다시 하고 싶지 않다'는 각오가 회사를 그만둔 후의 나를 지탱해주는 원동력이 되었지만, 당시로서는 정말이지 지옥 같은 나날이었습니다.

라면과 김밥만으로 끼니를 해결하던 극빈 시절

무엇을 할 것인지 계획도 없이 무턱대고 회사를 그만둔 나는 일단 돈이 될 만하다 싶은 사업에 계속 손을 댔습니다. 그러나 세상은 그리 호락호락하지는 않았습니다.

결과는 줄줄이 실패. 그야말로 '빈자소인(貧者小人)'의 상태로, 하는 일마다 실패를 하여 상황은 점점 나빠져가기만 했습니다.

사업이 안 되기만 했으면 그나마 괜찮았겠는데 설상가상으로 사기까지 당해, 나는 어느덧 노숙자 직전까지 내몰리게 되었던 것입니다.

이래저래 1994년 당시에는 정말로 돈이 없어 거의 매일 라면과 김밥으로만 끼니를 해결하곤 했습니다. 그러다가 100엔짜리 맥도널드 햄버거가 등장했을 때는 '좋았어, 이제 100엔만 있으면 점심을 해결할 수 있어!' 하며 기뻐하던 일이 어제 일처럼 생각납니다.

라면 가게에 가서도 돈이 없어 계란 한 개 사먹기가 망설여졌고, 이따금 큰맘 먹고 회전초밥을 먹으러 가서도 값이 싼 접시만 골라 먹을 뿐 비싼 메뉴에는 손이 잘 나가지 않을 정도였습니다.

하지만 아무리 힘든 상황 속에서도 항상 희망을 버리지 않았고, 회사를 그만둘 때 스스로에게 약속했던 '서른다섯 살 생일 전까지 반드시 성공해서 부자가 되겠다'는 목표만은 언제나 마음속에 새겨두고 있었습니다.

그러나 내가 하는 일은 하나 같이 실패로 끝나고 말았습니다. 회사를 그만둘 때 가지고 있던 100만 엔 가량의 저축도 점차 바닥이 보이기 시작하자, 나는 과감하게 '나 자신 찾기'라는 목적으로 내가 그리던 사우스 캘리포니아로 가기로 한 것입니다.

학생 시절을 보낸 곳이라 친구들도 많았고, 옛날에 묵었던 홈스테이 집에 공짜로 묵을 수 있기 때문입니다.

내 인생을 바꾼 성공철학 세미나와의 만남

미국으로 건너간 나는 자나 깨나 무얼 해서 먹고 살까를 생각했기 때문에, 무슨 일이든 관심을 가지고 기회만 있으면 절대 놓치지 않겠다는 각오로 정보의 안테나를 높이 세워두고 있었습니다.

그러던 어느 날, 텔레비전의 심야 프로그램에서 우연히 '이 성공 프로그램으로 인생을 바꾸었다!'는 광고를 보게 되었습니다. 나 자신도 내 인생을 바꾸고 싶었고, 또 그 프로그램에 나온 사람들의 체험담이 너무나도 피부에 와 닿았기 때문에 흥미가 불끈불끈 솟구쳤습니다.

그리고 프로그램 마지막에 세미나를 안내하는 자막을 보니, 일시는 내일이고 장소는 근처의 어바인 매리어트 호텔이었습니다. 운명적인 무언가를 느낀 나는 어느새 전화로 참가 예약을 하고 있었습니다.

현장에 가 보니 행사장은 만원이었고 이미 열기로 가득했습니다.

내용은 성공철학을 통해 잠재의식을 활용한 결과 빈곤의 늪에서 빠져 나온 사람들의 성공담이었습니다. 그들의 체험담을 듣고 나는 직감적으로 '저 사람들이 성공했다면 나도 할 수 있어. 지금 나에게 필요한 것은 바로 이거야!' 하고 느꼈습니다. 그리고 이날부터 나는 성공철학에 대하여 흥미를 갖게 되었던 것입니다.

그 후 나는 한나절에 2만 엔이나 하는 좀 비싸다 싶은 세미나에도, 장차 분명 무언가 도움이 될 것이라는 생각으로 조금 무리를 해서라도 빠지지 않고 참가하였습니다.

당시 일본에는 아직 성공철학을 배울 수 있는 세미나가 없었으므로, 나는 거의 매달 미국까지 날아가야만 했습니다. 당연히 경비도 빠듯했기 때문에 항공권은 제일 싼 이코노미석. 호텔비도 없어 미국에 갈 때마다 옛날에 묵었던 집에 공짜로 신세를 졌습니다. 지금이니까 이야기하지만, 그때는 돈을 절약하기 위해

렌터카의 보험도 들지 않았습니다.

그렇게까지 해서 나 자신을 바꾸기 위해 미국까지 날아갔던 것입니다.

당시의 나로서는 상당히 부담이 되는 비용이었지만, 점차 나에게도 반드시 성공할 수 있는 기회가 찾아올 것이라는 확신을 가질 수 있게 되었습니다. 그리고 세미나에 참석할 때마다 셀프 이미지(self-image)도 높아졌고, 점차 자신감도 가질 수 있게 되었습니다. 또 이 무렵부터 돈을 효과적으로 쓰는 법도 알게 되었습니다.

하지만 점차 셀프 이미지는 높아져 갔지만, 현실적으로는 여러 가지 돈이 될 만한 사업에 도전해 보아도 무엇 하나 제대로 되지 않는 상태가 얼마간 지속되었습니다.

전기(轉機)는 뜻하지 않은 곳에서 찾아온다

조금씩 초조감을 느끼기 시작할 무렵, 나에게도 기회가 찾아 왔습니다. 나는 많은 실패를 경험하고 실의의 늪 속에서도 단 한 가지, 건강 유지를 위해 다이어트 건강식품을 애용하고 있었는데, 뜻밖에도 그것이 내 인생의 전기가 되어 준 것입니다.

당시 나는 스트레스로 인해 살이 많이 쪄 있었기 때문에, 일단 살을 빼서 건강을 되찾으려는 목적으로 그 건강식품을 애용하고 있었습니다. 그랬기 때문에 처음에는 이 상품의 대리점을 해서 성공해 보자는 생각은 전혀 없었습니다.

그러나 이 상품을 애용하기 시작하면서부터 2주 동안에 무려 5킬로그램이나 살이 빠지는 엄청난 효과를 본 것입니다. 얼굴 표정도 밝아지고 윤곽도 선명해져, 겉으로 보기에도 잡지의 다이어트 광고에서 흔히 보는 '사용 전'과 '사용 후'의 모습과 같은 확연한 차이가 나타난 것입니다.

이 체험이 계기가 되어, 나 자신이 저절로 광고 모델이 되어 상품이 점점 잘 팔리게 되었습니다. 게다가 운이 좋았던 것은 이 상품이 미국에서 일본에 막 상륙한 시점으로 아직 도쿄 지구에 대리점이 없었다는 점입니다. 즉, 경쟁 상대가 없었던 것이지요.

이 대리점 사업의 성공을 계기로 모든 일이 좋은 방향으로 잘 풀리기 시작하였습니다.

월급쟁이를 걷어치울 때 세운 '서른다섯 살 생일 전까지 연봉 3,000만 엔(월수 250만 엔)을 달성하겠다'는 목표도 서른다섯 살 생일 3개월 전에 달성할 수 있었습니다.

그리고 이 건강식품의 대리점 사업에서 번 자금을 밑천으로 리스크를 감수하면서 여러 가지 돈이 될 만한 사업과 투자에 적극적으로 참여하여 오늘에 이르게 된 것입니다.

돈 쓰는 법을 바꾸는 것이 성공의 지름길

지금 생각하면, 나의 운이 상승하게 된 계기는 리스크를 감수하고 자신에게 투자하여 미국에서 성공철학 세미나에 참석한 것이라고 생각합니다.

그때까지 내 돈 내고 세미나에 참석한 경우는 한 번도 없었습니다. 세미나라는 것은 회사에서 파견되어 수강하러 가는 거라고만 생각했기 때문입니다.

따라서 그 세미나에 내 돈을 들여서 참석한 것은 나로서는 커다란 변화였다고 할 수 있습니다. 그야말로 내가 소비에서 투자로 돈 쓰는 법을 바꾼 순간이었다고 해도 과언이 아닐 것입니다.

하지만 그 당시에도 아직 '돈 쓰는 법을 바꾸는 것이 성공을 향한 지름길'이라는 사실을 깨닫지는 못했습니다. 그냥 뭔가 느낌이 있어 성공철학 세미나에 계속 참석했을 뿐입니다.

그러나 세미나에서 알게 된 참석자들과 이야기를 나누고 성공인이라고 불리는 사람들과 대화를 나누는 사이에 돈 쓰는 법을 바꾸는 것이 성공을 향한 지름길이라는 확신을 갖기에 이른 것입니다.

물론 돈 쓰는 법을 바꾸었다고 해서 당장 내일부터 극적인 변화가 생기는 것은 아닙니다. 그러나 그 효과는 조금씩 그리고 확실하게 나타납니다.

단기간 내에 비즈니스로 한꺼번에 큰돈을 벌거나 투자에서 운용수익을 내는 것은 그리 쉬운 일이 아닙니다. 그러나 돈 쓰는 법을 바꾸는 것은 지금 당장 누구나 시작할 수 있는 일입니다. 내가 텔레비전 광고를 보고 바로 성공철학 세미나에 신청했듯이 말입니다.

돈 쓰는 법이 1년 후의 당신을 결정한다

'지금의 당신은 당신 자신이 바라던 바로 그 모습입니다.'

이렇게 말하면 당신은 놀라시겠습니까?

여러분 중에는 '무슨 소리야! 누가 이렇게 돈에 쪼들리는 생활을 바랐다는 거야!' 하고 반발하실 분도 계실 것입니다. 그렇다면 이렇게 바꾸어 말해 보면 어떨까요?

'지금까지 해 온 당신의 선택이 지금의 당신을 만들었습니다.'

이렇게 말하면 조금은 수긍이 가지 않으십니까?

게다가 '지금까지 해 온 당신의 선택' 이라는 것은 '당신이 돈을 어떻게 써 왔느냐' 와 거의 동일하므로, '당신의 돈 쓰는 법이 지금의 당신을 만들었다' 고 바꾸어 말할 수 있습니다.

즉, 지금 당신의 상황은 지금까지 당신이 실천해 온 돈 쓰는 법의 결과라는 것입니다.

다시 말해, 만약 당신이 지금의 자신에 만족하지 못한다고 한다면, 돈 쓰는 법을 바꿔 볼 가치가 충분히 있다고 생각합니다.

'나도 금전적으로 좀 더 여유가 있다면 지금과는 다르게 돈을 쓸 텐데, 돈이 없으니까 이런 상황까지 온 것이다.'

라고 생각하는 분도 계실지 모르겠습니다. 그러나 똑같은 돈을 가지고 있어도 돈 쓰는 법은 사람에 따라 상당히 다릅니다. 앞서도 이야기했지만, 필요도 없는 고급 외제차와 같은 물욕에만 이끌리는 사람과 그렇지 않은 사람이 있는 것입니다.

다시 말해, 돈 쓰는 법은 곧 지금의 당신이라는 이야기입니다.

결국, 현재와 같은 돈 쓰는 법을 계속 유지한다면 앞으로도 계속 똑같은 인생을 살 가능성이 높아집니다. 만약 조금이라도 현 상황을 바꾸고자 한다면 돈 쓰는 법부터 바꿔 보기를 권합니다.

━━━

돈 쓰는 법을 배움으로써 얻을 수 있는 다섯 가지 장점

내가 지금까지 수많은 성공인들로부터 배워 온 돈 쓰는 법을 전수하기 전에, 먼저 돈 쓰는 법을 배움으로써 얻을 수 있는 다섯 가지 장점을 꼽아 보도록 하겠습니다.

① 지금 바로 시작할 수 있다
② 앞으로도 계속할 수 있다

③ 마음이 여유로워진다

④ 기회 잡기가 쉬워진다

⑤ 행운을 끌어들일 수 있게 된다

각각의 장점에 대하여 좀 더 구체적으로 설명하겠습니다.

① 지금 바로 시작할 수 있다

'돈 버는 법'이나 '돈 불리는 법'을 실천하려면 나름대로 연구를 해야 하며, 하루아침에 되는 것이 아닙니다.

그러나 돈 쓰는 법은 실천하는 데 특별히 필요한 것이 없으며 준비도 필요 없습니다. 돈 쓰는 법을 바꾸기만 하면 되므로 평소의 생활 속이나 비즈니스 상황에서 바로 활용할 수 있습니다. 게다가 어디에 썼는지에 대해서는 나중에 영수증이나 기록 등으로 체크할 수 있기 때문에, 내가 돈을 어디에 썼는지를 파악할 수 있고 돈 쓰는 법을 수정할 수도 있기 때문입니다.

이와 같이 돈 쓰는 법을 바꾸는 행위는 내일까지 기다리지 않고 누구나 지금 당장 시작할 수 있습니다. 그리고 돈 쓰는 법을 바꾼 그 시점부터 당신은 확실하게 변화해 나가는 것입니다.

② 앞으로도 계속할 수 있다

예를 들어 투자 붐이 일거나 정보 창업 붐이 일 듯이, 돈 버는 노하우에는 여러 가지가 있으며 시대에 따라 변화하기도 합니다.

그러나 돈 쓰는 법은 시대에 따라 변하는 것이 아닙니다.

따라서 만약 당신이 성공하고 싶다면 1분 1초라도 빨리 돈 쓰는 법을 배우는 것이 이득이라고 할 수 있으며, 반대로 이 방법을 모르고 평생을 산다는 것은 대단히 위험하다고 할 수도 있습니다.

③ 마음이 여유로워진다

이 책에서 소개하는 돈 쓰는 법은 마음이 여유로운 성공인들이 실제로 실천하고 있는 방법을 체계적으로 정리한 것입니다.

그리고 나 자신도 이를 실천하여 성공할 수 있게 되었습니다. 동시에 돈 쓰는 법을 바꿈으로써 지금까지 내 마음속에 자리해 있던 시기심이나 질투심과 같은 감정도 나타나지 않게 되어 마음까지 편해졌습니다.

돈 쓰는 법을 바꾼다고 바로 마음이 편해지는 것은 아니지만, 이를 계속 실천해 나간다면 반드시 마음도 여유로워질 것입니다.

④ 기회 잡기가 쉬워진다

기회의 신에게는 뒤통수에 머리칼이 없습니다. 기회는 순식간에 지나가 버리고, 지나간 후에는 뒷머리가 없어 잡으려고 해도 잡을 수 없습니다. 따라서 기회다 싶으면 바로 행동으로 옮기는 것이 중요한데, 그것이 기회인지 아닌지 분간하기 어려운 것이 현실입니다.

왜냐하면 기회라는 녀석은 내가 기회다 하고 드러내놓고 찾아오지는 않기 때문입니다.

그러나 돈 쓰는 법을 배워 두면, 성공하기 위해서는 어디에 돈을 쓰면 되는지 기준이 명확해지므로 기회다 싶을 때 즉시 행동으로 옮길 수 있고 기회를 잡기가 쉬워집니다.

⑤ 행운을 끌어들일 수 있게 된다

효과적인 돈 쓰는 법 중에 '사람 만나는 일에 쓴다'는 것이 있습니다. 사람 만나는 일에 돈을 쓰면 좋은 이유는, 행운의 여신은 혼자서 찾아오지 않고 항상 다른 사람과 함께 오기 때문입니다.

성공하기 위해서는 행운도 필요합니다. 따라서 지금까지 사람 만나는 일에 돈을 제대로 쓰지 않았던 사람이 돈 쓰는 법을 바꾸어 적극적으로 사람을 만난다면, 행운을 끌어들일 가능성이 높아지는 셈입니다.

참고로 나는 모든 만남을 소중하게 생각하고 있으며, 명함을 교환할 때는 '이 사람과 뭔가 좋은 인연을 맺을 수 있었으면 좋겠군.' 하는 바람과 함께 명함을 주고받고 있습니다.

이상이 돈 쓰는 법을 배움으로써 얻을 수 있는 다섯 가지 장점입니다.

그러면 서론이 약간 길어졌는데, 내가 세계의 성공인들로부터 배운 돈 쓰는 법을 소개해 드리기로 하겠습니다.

소개하려는 것은 미국의 대부호와 같이 거금을 기부하거나 무리를 해서라도 사치스러운 물건을 사려는 따위의 이야기가 아닙니다.

누구나 지극히 일상적인 수준에서 실천할 수 있고 자신을 여유롭게 만들어 줄 수 있는 방법입니다.

뭔가 느낌이 온다면 반드시 즉시 실천해 보시기 바랍니다.

✤ 제1장의 포인트

① 돈은 버는 것보다 쓰는 것이 더 중요하다

② 인색함과 검약은 다르다. 쓸데없는 돈을 쓰지는 않지만, 필요한 것에는 확실하게 대가(때로는 그 이상의 금액)를 지불한다

③ 물건에 '소비'하지 말고, 눈에 보이지 않는 가치에 '투자'한다

④ 현재의 돈 쓰는 법이 미래의 당신을 결정한다

Do what you know

② 돈을 어디에 쓰느냐가 관건

| 낭비와 소비와 투자의 차이 |

돈을 쓸 때의 판단기준은, 합리적인가 아닌가

그러면 내가 세계의 성공인들로부터 배운 돈 쓰는 법에 대하여 설명하겠습니다.

먼저 내가 많은 성공인들을 만나면서 느낀 것은, 그들이 돈을 쓸 때는 한 가지 절대적인 기준이 있다는 것입니다. 그 기준은 '합리적이냐 아니냐' 입니다.

합리적이라는 것은 경제적 합리성이 있느냐 하는 의미로서, 단순히 값이 싸기만 하면 되는 것이 아닙니다. 그들은 지불한 금액에 걸맞은 가치가 있느냐를 가장 중요시합니다.

이것은 전 세계에서 활약하고 있는 유대인이나 화교들도 중시하고 있는 포인트로서, 아주 중요한 관점이라고 할 수 있습니다. 그들은 가치가 없다고 판단한 것에는 한푼도 지불하려고 하지 않습니다. 이 기준은 아주 엄격합니다. 그러나 가치가 있다고 판단한 것에 대해서는 값이 비싸더라도 기꺼이 지불합니다.

이와 같은 한 가지 기준을 마음속에 가지고 있는 것은 아주 중요하므로, 꼭 습관을 들이시기 바랍니다.

물건의 진정한 가치를 안다

모든 물건에는 반드시 '진정한 가치(진가)'가 있습니다. 진가(眞價)란 원래 그것이 가지고 있는 진정한 가치를 말합니다.

예를 들어, 슈퍼마켓에서 평소 고급 머스크멜론을 3,000엔에 팔았다고 합시다. 생산 및 유통비용을 감안한 평소의 이 가격이 이 멜론의 진가입니다.

만약 이와 똑같은 멜론을 반짝 세일하여 1개 1,000엔에 판다고 하면 당신은 사시겠습니까? 나라면 3개 정도는 살 겁니다.

실생활에서 이와 같은 극단적인 상황에 직면하는 일은 별로 없을 테지만, 예를 들어 투자의 세계에서는 흔히 있는 일입니다.

환율시장에서는 특별한 경제지표가 나오지 않더라도, 그 시점에서 약간의 시장 분위기나 상황이 변동하기만 해도 환율이 오르내리는 경우가 있습니다.

반면, 주식시장은 환율에 비해 변동 폭이 크고 유동성이 낮은 마켓이므로 가격 변동은 더욱 극단적입니다. 실제로 개별적인 종목을 살펴보면, 하루 중에 등락 폭 한계까지 오르내리는 상한 가나 하한가를 기록하는 경우도 흔히 있습니다.

이러한 시세에 영향을 주는 주요 원인으로는, 환율의 경우는 금리이고 주가의 경우는 주가에 대한 기업수익률(PER)과 주가순자산비율(PBR)인데, 이러한 것들이 변동되지 않는 조건 하에서는 어느 정도의 합리적인 적정 수준, 다시 말해 진가를 산출해 낼 수 있습니다.

예를 들면, 도요타는 2조 엔의 경상이익을 내고 있으며, 그 정도의 자산을 가지고 있기 때문에 기업가치로는 이 정도의 주가는 돼도 좋다고 할 수 있는 가격이 있습니다.

그 금액이 가령 5,000엔이라고 한다면 그 가격이 도요타의 진가이며, 4,000엔이면 싼 것이고 6,000엔이면 비싼 것입니다.

하지만, 가령 도요타에 리콜 문제가 발생하여 일시적으로 주가가 4,000엔까지 폭락했다고 했을 때, 손해 보는 투자가(돈이 없는 사람)는 더 이상 손해를 볼 수 없으므로 4,000엔에 주식을 팔아 치웁니다. 혹시라도 3,000엔 정도까지 떨어지지 않을까 하는 불안감 때문에 투매해 버리는 것입니다.

반면 돈 버는 투자가(돈이 있는 사람)는, 도요타 주식이 4,000엔이라면 싼 편이기 때문에 기꺼이 사들입니다. 그들은 리콜 문제가 바로 개선 가능한 것이라면 도요타의 주가는 어차피 적정 수준으로 돌아길 것이라는 깃을 알고 있기 때문입니다.

반대로 주가가 오른 경우, 손해 보는 투자가는 도요타의 주가가 6,000엔이나 7,000엔으로 오르면 만 엔까지 오르지 않을까 하는 기대감에 추가로 주식을 사 버립니다.

그러나 안타깝게도 진가가 5,000엔인 주식이 그렇게 쉽게 2배인 만 엔까지 오르기는 어렵습니다. 따라서 돈 버는 투자가는 6,000엔이나 7,000엔이 된 시점에서 기꺼이 주식을 팔아 버립니다. 그리고 비교적 가격이 떨어진 시점에서 다시 사들이는 것입니다.

돈 버는 투자가는 평소부터 이러한 자본주의 경제의 맹점을 놓치지 않습니다.

그들은 '진가'를 알고 있기 때문에 그 맹점을 이용하여 항상 이익을 내고 있는 것입니다.

이것은 멜론의 특별 타임 세일과 같은 이치입니다. 물건의 원래 가치를 알고 있는 사람은 1,000엔의 타임 세일이 끝나면 원래의 가격인 3,000엔으로 돌아간다는 사실을 알고 있습니다.

이와 같이 평소부터 물건의 원래 가치, 즉 '진가'를 알고 있으면 이것이 '합리적이냐 아니냐', 또 '사야 하느냐 아니냐' 판단을 내릴 수 있습니다.

평소부터 물건의 '진가'를 알아두는 것은 현명하게 살아가기 위한 아주 중요한 포인트입니다.

물건을 살 때의 세 가지 기준

또 그들에게는 물건을 살 때의 기준이라는 것도 있습니다.

이런 것은 사지만 이런 것은 사지 않는다 하는 기준도 그들은 명확하게 가지고 있는 것입니다. 그 기준은 다음 세 가지입니다.

① 특별한 가치가 있느냐?

② 오래 즐길 수 있느냐?

③ 평생의 추억으로 남느냐?

그들은 잡동사니를 잔뜩 가지기보다는 수량은 적지만 진정으로 가치가 있는 것을 가지고 싶어 합니다. 그렇기 때문에 기본적으로 쓸모없는 것은 사지 않습니다.

그 증거로, 많은 성공인들은 자신의 허영심을 충족시키기 위해 호화 요트를 사거나 고급 슈퍼카를 사지는 않습니다. 물론, 부자들 중에는 그런 물건을 소유하고 있는 사람도 있지만, 그것은 업무상 필요하거나 세금 대책 등 필요에 의해서 소유하고 있는 경우가 대부분입니다.

유럽에는 아우토반(독일)이나 아우토스트라다(이탈리아) 등 마음껏 달릴 수 있는 고속도로가 있고, 포르셰나 페라리 등 최고급 슈퍼카가 그 도로를 맹렬한 속도로 달리고 있습니다.

그런 차의 오너 대부분은 당연히 성공인들이지만, 그들은 허영심을 충족시키기 위해 슈퍼카를 소유하고 있다기보다는, 이동 시간을 절약하여 약간의 빈 시간이라도 비즈니스나 가족 서비스 등에 효과적으로 사용하려는 생각이 강하다고 할 수 있습니다.

다시 말해, 성공인들 중에는 돈이 많다고 해서 필요도 없는데 단지 과시욕 때문에 요트나 슈퍼카를 사는 사람은 없다는 것입니다.

그보다는 그들은 어린이 스포츠를 관람하거나 가족들과 함께 동물원에 가거나 가까운 사람들과 홈 파티를 여는 등, 돈이 들지 않는 여가를 즐기기를 좋아합니다. 돈을 많이 들이지 않고도 시간을 충실하게 보낼 수 있다는 사실을 알고 있기 때문입니다.

그들이 중시하는 것은 물질적인 풍요로움보다는 정신적인 풍요로움입니다. 그 밑바닥에는, 물건이라는 것은 시간이 지날수록 가치가 사라진다는 생각이 자리하고 있기 때문입니다.

보이지 않는 가치에 투자할 줄 아는가?

나는 원래 물욕이 별로 없는 편이어서 물건에는 그다지 집착하지 않는 편인데, 많은 사람들은 아무 생각 없이 눈에 보이는 물건, 형태가 있는 물건에만 돈을 쓰는 경향이 있습니다.

그러나 성공하고자 하는 사람이라면 앞서 든 예와 같이 눈에 보이지 않는 가치에 돈을 쓸 줄 알아야 합니다.

이렇게 말하면, 세상의 성공인들은 대부분 훌륭한 집에서 살고 있지 않느냐 하고 반론을 할 수도 있습니다. 물론 그들은 좋은 집에 살고 좋은 물건도 가지고 있지만, 그들의 자산 규모로 따져보면 물건의 소유 비율은 일반 사람들에 비해 훨씬 낮다고 할 수 있습니다.

성공인들은 눈에 보이는 물건에는 필요 이상으로 돈을 들이지 않습니다. 그보다는 체험이나 학습이나 교류, 나아가 시간이나 공간과 같이 눈에 보이지 않는 것에 더 많은 돈을 쓰는 것입니다.

모두가 소비하고 있을 때 자신에게 투자하라

돈 쓰는 법은 크게 투자, 소비, 낭비의 세 가지로 나눌 수 있습니다.

투자란 주식 투자나 자산 운용만을 가리키는 것이 아니라, 미래적으로 가치가 불어나는 것에 돈을 쓰는 것을 말합니다.

반면 소비란 미래적으로 그 가치가 떨어지는 것을 구매하는 것을 말하고, 낭비는 허세나 스트레스 해소 등 '그 순간'의 쾌락만을 위해 쓸데없는 것을 구입하는 것을 말합니다.

이 세 가지 중 성공인들은 역시 투자를 선택합니다. 그들은 거의 대부분의 돈을 투자에 쓰는 것입니다.

구체적으로 어디에 투자를 하는가 하면, 가장 대표적인 것이 교육입니다. 자기 자신을 성장시키기 위한 학습이 될 수도 있고, 자기 자녀에 대한 교육이 될 수도 있습니다.

특히 미국의 성공인들은 자녀들의 교육을 무척 중요시합니다. 대화를 나누다가 사는 곳이 화제에 오르면 반드시 그 지역의 교육수준이 화제가 될 정도로 그들은 자녀의 교육환경에 많은 신경을 쓰고 있으며, 자녀를 좋은 학교에 보내기 위해 많은 노력을 하고 있습니다.

캘리포니아주의 어바인(Irvine) 시는 부자들이 많이 사는 곳으로 유명한데, 그 이유의 하나로 공립학교의 수준이 대단히 높은 것을 꼽고 있습니다.

미국 공립학교의 수업료는 무료이지만, 사립학교의 수업료는 일본보다 훨씬 비쌉니다. 따라서 초등학교부터 고등학교 3학년까지 12년 동안의 수업료를 고려하면, 주택 가격이 다소 비싸더라도 그 정도는 감수하겠다는 생각입니다.

또 그런 주택지에는 부자들의 커뮤니티가 형성되어 있습니다.

그곳 주민이 됨으로써 얻을 수 있는 정보와 인맥, 생활환경 등 모든 것이 향상되기 때문에, 사회적인 지위가 높은 사람일수록 고급 주택지에 살고 싶어 합니다.

원래 어바인이나 근교인 뉴포트 비치는 미국 전국적으로도 가장 안전하고 부자들이 많이 사는 지역이었으나, 최근에는 교육 수준까지 높아져 주택 가격은 비정상적인 수준까지 폭등하고 있습니다.

뉴포트 비치의 바다가 보이는 게이트 커뮤니티는 주택 가격이 평균 200만 달러 이상이나 하는데도 거래가 활발하게 이루어지고 있습니다. 미국의 부동산 시장은 주민들의 경제력과 지적 수준이 반영된다는 점에서도, 고급 주택지에 사는 것은 최고의 투자라고 할 수 있을 것입니다.

자신을 성장시키는 투자의 세 가지 포인트

그러면 소비가 아니라 투자를 하기 위해서는 구체적으로 어떤 식으로 돈을 쓰면 될까요? 포인트는 다음의 세 가지입니다.

① 사람 만나는 것에 투자하라

② 배우는 것에 투자하라

③ 건강에 투자하라

이 세 가지 포인트에 대하여 구체적으로 설명하겠습니다.

① 사람 만나는 것에 투자하라

사람 만나는 것에 돈을 쓰는 것은 성공을 향한 커다란 첫걸음입니다. 그 이유는 훌륭한 인맥은 금맥으로 이어지는 경우가 많기 때문입니다.

내 경험에 비추어 보면, '부'라는 것은 인맥의 질과 양에 비례합니다. 실제로 내가 만난 성공인들 뒤에는 수십 명의 협력자들이 존재하며, 쟁쟁한 멤버들이 깊은 관계로 연결되어 있었습니다. 그리고 이 관계가 '부의 신디케이션'을 이루고 있는 것입니다.

앞서 성공인들은 자녀교육을 위해 환경이 좋은 고급 주택가에 산다고 했는데, 사실은 그곳에 사는 또 하나의 장점이 바로 이 '부의 신디케이션'입니다. 즉, 자연스럽게 성공인들끼리 커뮤니티가 형성되므로, 그곳에 '부의 신디케이션'이 구축될 가능성이 대단히 높습니다.

그런 의미에서도 환경이 좋은 고급 주택가에 사는 것은 훌륭한 투자입니다. 독자들 중 가까운 장래에 집을 살 예정이거나 이사를 생각하고 있는 분이 있다면, 주거 장소는 그후의 성공과 직결되므로 다소 무리를 해서라도 환경이 좋은 주택가를 선택하는 것이 좋다고 생각합니다.

자, 이야기가 좀 빗나갔는데, 앞서 설명했듯이 '인맥=금맥' 입니다. 이것은 좋고 나쁘고를 떠나 세상이 실제로 그렇게 돌아가고 있는 엄연한 현실입니다.

따라서 당신이 성공하고 싶다면 먼저 영향력이 있는 사람, 발이 넓은 사람, 유명한 사람과 가까이 지내는 것이 좋습니다. 그런 일에 돈을 쓰는 것이 당신의 인생을 풍요롭게 만드는 첫걸음입니다. 그리고 그런 사람들과 원만한 관계를 구축하여 당신의 협력자로 만들 수만 있다면, 당신의 성공은 더욱 빨라질 것입니다.

그러면, 구체적으로 어떻게 하면 되는 것일까요?

■ 세미나나 모임의 좋은 점

평소 생활하는 가운데 새로운 사람을 자주 만나는 일은 별로 없으리라 생각합니다. 또 그 만나는 상대가 성공인일 확률은 평범한 생활을 하고 있는 한 거의 제로에 가깝지 않을까요? 따라서 그런 사람들을 만나기 위해서는 자신이 나서서 적극적으로 만나러 가야 합니다.

그러면 어디로 가면 될까요? 바로 세미나나 모임입니다.

흥미가 있는 세미나나 모임, 파티 등에 적극적으로 참석하여 그 방면에서 성공한 사람들을 자주 만나도록 합시다.

세미나나 모임의 테마는 일과 직접 관계가 있어도 상관없고, 완전히 취미라도 상관없습니다. 일단은 성공인을 만나 좋은 자극을 많이 받는 것이 중요합니다.

■ 세미나를 위한 사전준비

하지만, 똑같은 세미나에 참석하더라도 인맥을 쌓을 수 있는 사람과 그렇지 못한 사람이 있습니다. 그 이유는, 기본적으로 세미나를 인맥 형성의 기회로 삼느냐 아니냐의 차이라고 할 수 있습니다.

세미나에 참석해서 학습하고 깨닫는 것도 중요하지만, 앞서 설명했듯이 금맥으로 이어지는 인맥 형성의 기회로 활용하는 것도 중요합니다.

그렇지만 강사와 명함조차 제대로 교환하지 못하는 사람도 많습니다. 또 설사 명함을 교환했다 하더라도, 어떻게 하면 강사가 나를 기억하게 할 수 있는지 알지 못하는 사람도 있을 것입니다.

그래서 과거에 내가 실제로 사용해서 효과를 본 방법을 한 가지 가르쳐 드리겠습니다.

참고로, 나는 이 방법을 통해 '돈 호랑이'라는 텔레비전에 출연하던 자동차 수입업체 오토트레이딩루프트재팬주식회사의 난바라 다쓰키(南原龍樹) 사장을 비롯하여, 마찬가지로 '돈 호랑이'에 출연하던 주식회사 건강플라자코와의 우스이 유키(臼井由妃)

사장, 『정보상인의 추천』 등의 저자인 이와모토 다카히사(岩元貴久) 씨, 『출세한 사람만이 알고 있는 성공 화법 7가지 황금률』 등의 저자인 프로 강사 요시노 마유미(吉野眞由美) 씨, 『누구나 할 수 있는 세미나 강사가 되는 법』의 저자인 세미나 프로듀서 마쓰오 아키히토(松尾昭仁) 씨, 『달리면서 생각하는 업무기술』 등의 저자인 메일매거진 컨설턴트 히라노 도모아키(平野友朗) 씨 등 다수의 저명인사들과 가까이 지낼 수 있었습니다.

그 방법이란 바로 세미나를 수강하기 전에 세미나의 주최자 및 강사에게 사전에 메일을 보내는 것입니다. 대부분의 강사는 자신의 홈페이지를 가지고 있고 거기에 연락용 메일 주소가 게재되어 있는 법입니다. 그 메일을 통해,

'다음 주의 ○○세미나에 참석하는 ○○입니다.
당일에 ○○ 씨의 강연을 듣고 싶어 신청하였습니다.
세미나 당일 ○○ 씨를 만나 뵐 수 있기를 기대합니다.'

단지 이 정도의 간단한 메일이지만, 이 메일의 효과는 대단합니다. 만약 당신이 강사라고 했을 때 이와 같은 메일을 받으면 기분이 어떻겠습니까? 나 같으면 아주 기분이 좋고 메일을 보낸 상대방이 어떤 사람인지 만나보고 싶어질 것입니다. 아마 당신도 그럴 거라고 생각합니다.

그리고 세미나 당일에는 약간 일찍 강연장에 가서 강사들과 명함을 교환하십시오. 세미나가 시작되기 전에 이런 기회가 없다면 휴식시간이나 세미나가 끝난 후에 기회를 봐서 반드시 강사들과 명함을 교환하도록 하는 것이 좋습니다.

이때 사전에 보내 둔 메일이 효력을 발휘하게 됩니다.

실제로 명함을 받아 보고 '아, 그 메일을 보내 주신 ○○ 씨군요.' 하고 반가워하는 강사도 있을 것이고, 미처 깨닫지 못하더라도 이쪽에서 사전에 메일을 보냈다고 이야기를 꺼내면 대부분 기억해 낼 것입니다.

이와 같이 사전에 메일을 보내 두면 그것만으로도 인상이 전혀 달라지고, 적어도 '기타 등등'의 취급은 받지 않을 것입니다.

또한 세미나를 수강한 후에 인사 메일을 보내거나 감사 편지를 보내면 효과가 배가되므로, 꼭 한번 실행해 보십시오.

■ 파티장에서 행운을 놓치는 행위

파티도 성공인과 사귈 수 있는 절호의 기회입니다. 하지만 안타깝게도 파티장에서 접시 가득 요리를 담아와 음식 먹기에만 급급한 사람을 종종 봅니다. 그러나 파티장은 모처럼 많은 사람을 만날 수 있는 기회인데, 음식 먹기에만 급급하다면 너무나 중요한 시간을 아깝게 낭비하고 있는 것입니다.

참고로, 나는 파티장에 갈 때는 반드시 사전에 식사를 하고 갑니다. 음식을 먹는 것보다는 사람을 만나는 것에 가치를 두고 있기 때문입니다.

음식은 언제든지 먹을 수 있지만, 파티에서 사람을 만나는 것은 그 때, 그 곳이 아니면 기회가 없습니다. 그야말로 일기일회(一期一會)인 것입니다.

인맥은 금맥입니다. 한 번의 만남이 뜻하지 않은 비즈니스로 발전할 수도 있습니다. 바로 비즈니스로 연결되지는 않더라도 분명 당신의 인생에 확실하게 플러스가 될 것입니다.

물론 음식을 먹지 말라는 것이 아니라, 먹더라도 가능하면 샌드위치와 같이 간단하게 손에 들고 먹을 수 있는 메뉴를 선택하는 것이 좋다는 것입니다.

■ 커피값은 먼저 내자

세미나나 파티에 참석하면 참석자들끼리 의기투합하여 '이따가 차라도 한 잔 합시다.' 하는 식으로 의견이 모아질 수도 있습니다. 또 세미나나 파티에서 알게 된 사람들과 훗날 차를 마실 기회도 있을 것입니다.

그럴 때는 상대방의 커피값도 적극적으로 내 주는 것이 좋다는 것을 기억해 두십시오. 특히 그 사람과 무언가 비즈니스 관계를 구축하고자 하는 경우에는 자진해서 먼저 상대방의 커피값을 내도록 합시다. 무슨 일이 있어도 상대방이 내 커피값을 내도록 하는 일은 없도록 하십시오.

'커피값 정도 누가 내건 무슨 상관이냐? 큰돈도 아닌데.' 하고 생각할 지도 모르겠지만, 사실은 둘 사이에는 큰 차이가 있습니다.

당신은 누군가로부터 선물을 받거나 음식 대접을 받았을 때 그에 대해 보답을 해야 한다고 생각해 보신 적이 없습니까? 아마 대부분이 그런 생각을 했을 겁니다.

그 이유는, 인간의 심리에는 '보답성의 룰' 이라는 것이 존재하기 때문입니다.

보답성의 룰이란 상대방에게 무언가를 받으면 나도 똑같이 보답을 해야 한다고 느끼는 심리입니다.

다시 말해, 가령 커피 한 잔이라도 접대를 받은 상대방은 이 보답성의 룰이 작용하여 자연스럽게 당신에 대해 협조적인 생각을 갖게 됩니다. 설사 그렇게까지 적극적인 생각을 하게 되지는 않더라도, 접대를 받은 것에 대해 상대방이 기분 나쁘게 생각하지는 않을 것입니다.

사람은 의외로 사소한 접대에 예민한 법입니다. 몇 푼 안 되는 비용으로 좋은 관계를 구축할 수 있는 이 방법, 당장 오늘부터 실천해 보시기 바랍니다.

■ 성공인과 가까워지는 지름길

실제로 성공인을 만나본 결과 그 사람이 그 방면의 권위자이고, 또 인간적으로 존경할 만한 사람이어서 무슨 일이 있어도 그 사람과 가까워지고 싶을 때, 당신이라면 어떻게 하시겠습니까?

나라면 우선 그 사람의 고객이나 회원이 되겠습니다. 그 사람이 팔고 있는 상품이나 서비스를 사는 것입니다. 그러기 위해서는 다소간의 비용이 들겠지만, 그것은 필요 경비로 생각해야 합니다.

이것이 중요한 포인트인데, 설사 그 상품이 그다지 필요하지 않은 물건이라 하더라도 일단 사야 합니다. 그 사람의 고객이 됨으로써 그 사람과의 관계가 훨씬 가까워지기 때문입니다.

다음에는, 상대방이 내게 해 주었으면 하는 것을 내가 먼저 상대방에게 해 주는 것입니다. 이것은 황금 인맥을 구축하는 비결입니다. '내가 당하기 싫은 일은 상대방에게도 하지 않는다'는 행위와 '상대방이 내게 해 주었으면 하는 것을 상대방에게 해 준다'는 행위는 언뜻 비슷한 것 같아 보이지만 사실은 전혀 다릅니다.

전자는 '~하지 않는다'는 소극적인 것인데 반해, 후자는 '~해 준다'는 적극적인 행위이기 때문입니다.

특히 비즈니스의 세계에서는 적극적인 행위를 해야 실익을 얻게 되므로, 후자의 '~해 준다'는 행위는 아주 강력한 효과가 있습니다. 당신도 꼭 시험해 보시기 바랍니다.

■ 보수나 보답은 기대하지 않는 것이 좋다

하지만, 한 가지 주의해야 할 것이 있습니다. 그것은, 상대방에게 무언가를 해 줄 때는 절대 보수나 보답을 기대해서는 안 된다는 것입니다.

대부분의 사람들은 '이 정도 해 주었으니까 이 정도는 당연히 받아야지' 하는 식으로, 기브 앤드 테이크 개념으로 생각하기 쉽습니다.

그러나 이런 식의 발상을 하게 되면, 상대방으로부터 기대한 보수나 보답이 없을 경우 상대방을 원망하게 됩니다. 그래서는 마음이 편해지기는커녕 반대로 마음이 가난해질 뿐입니다.

반면, 보수나 보답을 기대하지 않고 다른 사람에게 무언가를 제공한다면, 반드시 그 이상의 보답을 얻을 수 있습니다. 설사 그 상대방으로부터는 아니라 하더라도 돌고 돌아서 언젠가 어디 다른 곳을 통해 반드시 되돌아옵니다.

이것이 '부의 순환 사이클'이라는 것입니다.

사람은 '무언가를 얻고 싶다'는 욕구와 동시에 좋아하는 사람에게는 '무언가를 베풀어 주고 싶다', '무언가를 해 주고 싶다'는 욕구도 갖고 있습니다. 이 '베푸는 기쁨'이 '부의 순환 사이클'을 만들어 내고 있는 것입니다.

특히 성공인일수록 다른 사람이나 사회에 어떻게 공헌할 수 있는가를 생각하고, 감사의 인사를 받는 것에 보람을 느끼고 있습니다.

따라서, 당신이 성공인의 고객이 된다면 분명 당신에게는 상품이나 서비스의 가격 이상으로 보답이 돌아올 것입니다.

■ 점심이나 저녁에 초대한다

나는 흥미가 있는 사람이나 존경하는 사람, 본받고 싶은 사람을 자주 점심이나 저녁에 초대합니다. 그들이 초대에 응해 준다면 실제로 만나서 직접 성공체험을 들을 수 있기 때문입니다. 이것은 식사를 하면서 세미나를 수강하는 것이나 마찬가지여서, 아주 가치 있는 일입니다.

사실 이런 것은 대부분의 성공인들도 하고 있는 일이므로, 당신도 꼭 시도해 보시기 바랍니다.

초대할 때의 포인트는 두 가지.

하나는, 초대할 때 미리 '제가 대접하겠습니다.' 하는 뜻을 알려 두어야 합니다.

세상에는 초대라고 생각하고 가서 보면 각자분담인 경우도 꽤 있는 모양이므로, 상대방을 안심시키는 의미에서라도 이 점은 분명하게 전달해 둘 필요가 있습니다.

또 대접하겠다는 사실을 미리 알려둠으로써 그들로부터 좋은 정보를 유도해 내는 비결이 될 수 있습니다. 식사에 초대하는 경우에도 보답성의 룰이 작용하므로, 초대를 받은 사람은 '접대를 받으려면 좋은 정보라도 가지고 가야겠군.' 하는 생각이 들기 때문입니다.

두 번째 포인트는 가능한 한 고급스럽고 분위기가 좋은 장소를 택하는 것입니다.

최고급 프랑스 레스토랑이라도 점심시간에는 기껏해야 1인당 5,000엔 정도면 충분합니다. 세상에는 식사에 초대를 받고 기분 나빠할 사람은 없습니다. 성공인의 경우도 마찬가지입니다.

따라서 점심이나 저녁에 초대하는 것은 당신에게 최고의 투자가 될 수 있는 것입니다.

② 배우는 것에 투자하라

미국의 성공인들이 특히 신경 쓰는 것이 교육이라는 것은 앞서도 설명했습니다. 자신의 학습을 위해서도 그렇고, 자녀교육을 위해서도 그렇습니다.

그들은 어쨌든 교육에는 아낌없이 돈을 씁니다. 그 이유는 '확실히 교육은 돈이 많이 들지만, 무지는 훨씬 더 돈이 많이 든다'는 사실을 알고 있기 때문입니다.

그렇다면 구체적으로 어떤 학습에 돈을 쓰면 좋은지에 대하여 설명하겠습니다.

■ 책 사는 데 돈을 아끼지 마라

나는 월급쟁이를 그만두기 잘했다고 생각하는 두 가지 이유가 있습니다.

하나는 내가 가고 싶을 때 가고 싶은 곳으로 여행을 떠날 수 있게 된 것이고, 다른 하나는 읽고 싶은 책을 마음껏 읽을 수 있게 된 것입니다.

이 두 가지 이유만으로도 나는 월급쟁이를 그만둔 가치가 충분하다고 생각합니다. 샐러리맨 시절에는 아무래도 평소의 일에 쫓겨 자유로운 시간이 절대적으로 부족했기 때문입니다. 책을 좋아하는 당신도 분명 그렇게 느낄 것입니다.

내가 아는 한, 성공인들은 거의 예외 없이 독서를 좋아합니다. 장르를 불문하고 정말로 많은 책을 읽습니다.

나는 진정으로, 성공인들이 성공할 수 있었던 이유는 책을 많이 읽고 그것을 실천했기 때문이라고 생각합니다. 그렇기 때문에 책을 읽고 싶어도 읽을 시간이 없는 환경은 인생에 있어 절대적으로 불리하다고 생각합니다. 나 자신도 책을 무척 좋아해서 틈만 있으면 책을 읽고 있습니다.

다른 사람과 약속이 있을 때도 가능하면 서점에서 만나도록 하고 있습니다. 그렇게 하면 상대방이 다소 늦더라도 별로 지루함을 느끼지 않기 때문입니다. 또 외출을 하면 반드시 한번은 서점에 들릅니다.

요즘 무슨 책이 잘 팔리는지, 어떤 사람들이 어떤 제목으로 글을 쓰고 있는지 눈으로 확인하기만 해도 즐겁고, 공부가 되기 때문입니다. 서점은 마케팅의 보고인 것입니다.

여유를 가지고 책을 읽을 시간이 없을 때는 제목이 흥미로운 책을 2~3권 뽑아서 주저 없이 구입합니다. 요즘도 한 달에 3만 엔 정도는 책을 사고 있는데, 예전에는 한 달에 10만 엔 정도 신간을 샀던 적도 있었습니다.

'그렇게 많이 사서 전부 읽을 수 있나?' 생각하는 사람도 있을지 모르지만, 나는 읽는 속도가 빨라, 비즈니스 서적은 30분 정도면 속독으로 독파해 버립니다.

내 경우에는 책 한 권을 통째로 읽지는 않습니다. 처음에 대충 목차를 훑어보고, 흥미가 있는 장, 관심을 끄는 장만 골라 읽습니다. 그렇기 때문에 책 읽는 속도가 빠른 것입니다.

대부분의 사람들은 처음부터 끝까지 순서대로 한 글자 한 구절 빠뜨리지 않고 읽으므로, 책 한 권을 읽는 데 몇 시간이나 걸립니다. 그렇게 해서는 많은 책을 읽을 수 없습니다. 또 읽다가 재미없으면 도중에 중단해도 상관없습니다.

'모처럼 산 거니까 끝까지 읽지 않으면 아깝다'고 생각하는 사람도 있을지 모릅니다. 그러나 재미없는 책을 억지로 끝까지 읽는 것이 오히려 귀중한 시간을 낭비하는 것이므로, 훨씬 아깝다고 할 수 있습니다.

요즈음 매일 평균 200권씩이나 되는 신간이 세상에 나오고 있다고 하니까, 연간으로는 72,000권이나 됩니다. 엄청난 양이지요. 그만큼 세상에는 훌륭한 것이든 시시한 것이든 온갖 정보가 넘쳐나고 있는 것입니다.

따라서 책은 어느 정도의 양(권 수)을 읽고 무엇이 필요하고 무엇이 필요하지 않은지 구별할 필요가 있습니다. 소위 말하는 정보의 '취사선택'입니다.

특히 경제나 금융 분야 등 시시각각으로 정세가 변화하는 장르의 경우, 반년 전에 나온 책은 이미 낡은 정보가 된 경우가 많으므로, 이러한 장르는 항상 최신 서적을 찾아 읽도록 하고 있습니다.

필요한 정보만 받아들이고 그 외의 정보는 버리는 습관을 들이는 것이 아주 중요합니다. 모든 정보를 입력하려고 하면 두뇌가 따라가지 못하므로, 이 버리는 행위도 아주 중요하다고 할 수 있습니다.

나는 책을 읽으면서 활용할 수 있는 정보를 그때그때 수첩에 적어 놓고 시간 날 때마다 다시 읽어 봅니다. 이것이 정보의 입력입니다. 그리고 가능하면 많은 사람들에게 그 정보를 나눠 줍니다. 왜냐하면, 입력된 정보는 출력을 함으로써 그 지식과 정보가 보다 확실해지기 때문입니다.

참고로, 내가 강연에서 이야기하는 내용 중에는 책에서 얻은 지식이나 정보를 내 나름대로 구체화시킨 것도 적지 않습니다. 이렇게 강연이나 카운슬링 등에서 사람들에게 이야기를 해 줌으로써 귀중한 정보를 출력하여 자신의 것으로 만드는 것입니다.

따라서 조금이라도 관심이 가는 책이 있다면 주저하지 말고 사서 필요한 정보를 끊임없이 입력하는 습관을 들여야 합니다.

책에는 저자의 삶의 본질이 담겨져 있습니다. 나름대로 성공한 저자의 인생론이나 생각을 불과 천 몇 백 엔으로 얻을 수 있으므로, 책이야말로 가장 쉽고 돈도 적게 드는 투자라고 할 수 있을 것입니다.

한 권의 양서(良書)는 한 사람의 삶을 만나는 것이나 마찬가지로, 인생을 바꾸는 계기가 될 수도 있습니다. 따라서 책에는 반드시 돈을 써야 한다고 확신합니다.

■ 영화에서 배워야 할 것

영화에서도 많은 것을 배울 수 있습니다. 특히 휴먼 다큐멘터리 영화는 학습과 깨달음의 보고라고 해도 과언이 아닙니다.

예를 들면, 1961년 미국 메이저리그에서 베이브 루스가 기록한 연간 최다 홈런 기록 '60개'를 갈아치우는 61개의 홈런을 쳤음에도 불구하고, 연간 시합수의 차이 때문에 30년 동안이나 참고기록에 머물러 있던 로저 마리스의 고뇌를 그린 『61』, 그리고 1999년 35세의 나이로 메이저리그 데뷔에 성공한 사상 최고령

신인 짐 모리스의 파란과 기적의 반생을 그린 『올드 루키』 등은 배울 점이 대단히 많은 영화라고 생각합니다.

그 외에도 좋은 영화가 많이 있지만 특히 내가 가장 추천하고 싶은 영화는 『루디 이야기』라는 작품입니다.

루디는 어려서부터 학업과 운동 모두 이름을 날리던 노틀담대학의 풋볼 선수로 뛰는 것이 꿈이었지만, 집안이 별로 넉넉지 못해 어쩔 수 없이 철강공장에서 일을 하면서 대학에 진학할 돈을 모읍니다. 그리고 얼마간의 돈을 모아 입학시험에 응시하지만, 이번에는 실력이 부족해서 계속 떨어지고 맙니다. 그러나 포기하지 않고 학기가 바뀔 때마다 계속 시험을 본 결과 마침내 합격합니다.

하지만 이번에는 체격이 작다고 풋볼 팀에서 받아주지 않습니다. 하지만 여기서도 그는 포기하지 않고 몇 번이고 계속해서 코치를 붙들고 늘어져 마침내 입단 허락을 받아냅니다.

그러나 남들보다 몇 배나 연습을 해도 정규 멤버에의 길은 험난하여, 후보선수에도 들지 못한 채 맞은 최종전. 팀 동료들의 도움으로 마지막 5분밖에 되지 않지만 마침내 루디는 처음으로 수많은 관중들 앞에서 꿈에 그리던 필드에 설 수 있었던 것입니다.

그야말로 '결코 포기할 수 없다'는 정신을 가르쳐 준 이 작품은 어설픈 세미나보다 훨씬 많은 공부가 되므로, 기회기 있으면 꼭 한번 보시기 바랍니다.

■ 흥미 있는 세미나는 비싸도 참석한다

앞에서는 성공인을 만나기 위한 하나의 수단으로 세미나를 소개했지만, 학습이라는 측면에서 보아도 세미나에 참석하는 것은 대단히 훌륭한 투자라고 할 수 있습니다.

솔직히 말하자면, 나 자신도 월급쟁이 시절에는 세미나에 참석한 적이 거의 없었습니다. 그러나 회사를 그만두고 미국에 체류하던 1994년 1월, 우연히 텔레비전에서 한 성공철학 관련 세미나를 수강하고 잠재의식을 활용한 결과 빈곤의 늪에서 빠져나온 사람들의 성공담을 보게 된 것입니다.

이 순간, 나는 '지금 내게 필요한 것은 바로 이거다!' 하고 순간적으로 느꼈습니다.

그리고 그 날부터 나는 성공철학에 대하여 흥미를 갖게 된 것입니다.

당시에는 아직 일본에서 성공철학 관련 세미나가 별로 개최되지 않았으므로, 나는 미국에서 열리는 세미나에 참석할 수밖에 없었습니다.

20달러짜리 세미나가 있는가 하면, 50달러, 100달러, 200달러짜리 세미나도 있었지만, 약간 가격이 비싸더라도 이거다 싶으면 '장차 분명 무언가 도움이 될 거야' 하는 생각에 약간 무리를 해서라도 참석하였습니다.

정확하게 기억할 수는 없지만, 회사를 그만둔 직후인 1994년

1년 동안 세미나 비용으로 100만 엔 정도는 썼을 것입니다. 당시 나로서는 솔직히 100만 엔이라는 금액은 상당히 큰 비용이었지만 어떤 방법을 써서라도 변통했습니다.

그러나 여러 성공철학 관련 세미나에 참석하면서, 점차 내게도 성공할 수 있는 기회가 찾아올 거라는 확신을 가질 수 있게 되었습니다.

참가하는 세미나의 테마나 내용에 따라 얻을 수 있는 성과는 다를 테지만, 세미나에는 책만으로는 얻을 수 없는 무언가가 반드시 있습니다.

같은 내용이라도 책으로 읽는 것과 직접 강사의 입을 통해 듣는 것과는 전해지는 느낌이 전혀 다릅니다. 세미나에 참석하면 책에는 씌어 있지 않은 내용을 들을 수도 있습니다.

또 그저 이야기를 듣기만 하는 것이 아니라 실제로 머리를 쓰거나 몸을 움직이는 과정이 포함되는 세미나도 있으므로, 그런 경우에는 이해의 속도가 훨씬 빨라질 수 있습니다.

나의 경우에는 참석한 것이 성공철학 관련 세미나였으므로, 실제로 참석할 때마다 스스로 느끼는 이미지가 달라지고 점점 자신감도 솟아났다고 기억됩니다.

책에 비하면 세미나는 비용이 많이 들지만, 그 정도의 리스크를 부담하지 않고는 진정한 학습을 할 수 없다고 생각합니다.

반대로, 리스크를 부담하면 할수록 진정한 학습을 할 수 있고 사람은 성장해 가는 법입니다. 이 리스크를 어느 정도까지 부담할 수 있느냐가 학습을 통한 성장의 척도라고 할 수 있습니다.

■ 공짜에만 집착하면 얻을 게 없다

하지만 요즘은 인터넷 시대. 세상에는 무료가 넘쳐나고 있습니다. 최근에는 무료 사이트들도 많이 등장하여, 다양한 정보를 공짜로 얻을 수 있게 되었습니다.

그 중에는 100페이지가 넘는 대형 자료도 있으며, '이게 정말 공짜야?' 하고 의심할 정도의 사이트까지 등장하였습니다.

따라서 요즘 세상은 무언가 정보를 얻으려고 하면 어느 정도는 무료로 구할 수 있게 되었습니다.

그러나 젊은 창업가로 크게 성공한 『고졸 사장』의 저자 신도 요시히사(進藤慈久) 씨는 이 모든 것이 공짜인 풍조에 쐐기를 박듯이 다음과 같이 이야기하였습니다.

"무엇이든 공짜에만 집착하는 사람이 있는데, 내가 아는 한 그렇게 해서 성공한 사람은 없습니다. 이따금 나에게도 가르침을 받고 싶다는 메일이 들어오지만, 죄송하지만 답장은 하지 않습니다. 왜냐하면 무료로 컨설팅을 해 드릴 만한 시간도 없을 뿐더러, 아마 다른 창업가 분도 같은 의견일 것입니다. 좋은 정보를 알려면 당연히 돈을 투자해야지요."

나도 동감입니다.

사실은 나에게도 매일같이 돈 버는 법을 가르쳐 달라거나 열심히 배울 테니까 투자기법을 가르쳐 달라는 메일이 들어오고 있습니다.

하지만, 잠깐 제 말씀을 들어 보십시오.

나는 질문을 하신 분을 알지도 못하고, 그 분이 열심히 노력하느냐 마느냐는 나하고는 관계가 없습니다. 나로서는 그 분이 정말 진지하게 배우려고 하는지 어떤지는 실제로 리스크를 감수하면서까지 배울 용의가 있는지 여부, 즉 투자를 할 용의가 있는지의 여부로밖에 판단할 방법이 없습니다.

내가 운영하는 투자 클럽의 회원들은 가입할 때 20만 엔 이상 되는 비싼 회비를 지불하고 참가하고 있습니다. 그 중에는 저축이 50만 엔밖에 되지 않는데도 그 돈을 쪼개서까지 배우려고 하는 사람도 있습니다.

반면, 내가 아는 사람 중에 수억 엔이나 되는 자산이 있음에도 불구하고 언제나 '요즘 어때?' 하며 몇 번이고 떠보면서 공짜로 정보를 얻어내려고 하는 사람도 있습니다.

이 사람은 인색하기로 소문난 사람으로 주위의 평판도 좋지 않아, 이런 전화가 걸려올 때마다 나도 별로 기분이 좋지 않습니다. '나만 이득을 보면 되지, 다른 사람은 어떻게 되든 상관없어' 하는 식의 분위기가 느껴지면, 아무래도 이 사람을 위해 도움이 되어주고 싶다는 생각은 사라지고 맙니다.

결국 이런 사람들은 '다른 사람을 위한다'는 생각이 전혀 없으므로, 인간관계가 삭막해지고 장기적으로는 손해를 보게 되는 것입니다.

물건을 살 때는 값을 깎아도 괜찮지만, 다른 사람이 제공하는 서비스나 컨설팅 비용 같은 것은 절대 깎지 않는 것이 좋습니다. 설사 그 시점에는 싸게 했다 하더라도 분명히 그만큼 적게 돌아온다는 것을 각오하시기 바랍니다.

'그냥 좀 가르쳐 주지, 정말 째째하게 구네.' 하고 생각하는 사람도 있을지 모르겠습니다. 그러나 그렇게 생각하는 사람과는 생활방식이나 사고방식이 다르므로, 죄송하다는 말밖에 할 수가 없습니다. 그 정도의 투자도 하기 싫으시다면 배우지 않으면 되는 것입니다.

나는 리스크를 감수할 줄 아는 사람을 좋아합니다. 그렇기 때문에 나는 돈이 없는 사람이 과감하게 그 소중한 돈을 투자하는 것에 대해서는 무한한 경의를 표합니다.

그리고 그런 사람들에게는 그 사람이 감수한 리스크의 몇 배 이상의 보답을 해 드릴 수 있도록 나도 최선을 다해 가르칩니다. 참석자에게 이익이 될 만한 일은 모두 실천하고, 내가 가진 것도 모두 전수해 드립니다. 이것은 또한 대부분의 지도자들이 가지고 있는 생각이기도 합니다.

'리스크를 감수하면서까지 나를 믿고 참석해 주었다'는 생각만으로도 반드시 성공하게 해 주지 않으면 안 되겠다는 생각을 갖게 됩니다.

당신이 감수한 리스크가 크면 클수록 가르치는 사람은 당신이 감수한 리스크에 대한 보답을 해 드리려고 합니다. 그리고 성공인일수록 그 보답을 몇 배, 몇 십 배로 키워서 보답해 드리려고 합니다.

따라서 대부분의 경우 결국에는 당신이 감수한 리스크 이상의 보답은 얻을 수 있게 됩니다.

공짜에 집착하는 한 많은 보답은 기대하기 어렵지만, 리스크를 감수하면 그 이상의 보답을 얻을 수 있는 가능성이 높아지는 것입니다.

그러니까, 너무 눈앞의 손익만 생각하지 마십시오. 리스크에 대하여 이런 식으로 이해할 수만 있다면 당신의 성공은 분명 가속화될 것입니다.

③ 건강에 투자하라

성공인들은 건강을 위해서도 많은 돈을 쓰고 있습니다. 그들은 심신의 건강이 얼마나 소중한지를 잘 알고 있기 때문입니다. 육체적으로나 정신적으로 항상 최고의 컨디션을 유지할 수 있도록 유의하면 일을 할 때도 그 효율성이 달라집니다. 심신의 활력은 초일류 인간이 되기 위한 원동력이므로, 성공인들은 건강 유지를 위해 모든 희생을 아끼지 않습니다.

그러면 그들이 건강을 위해 어떤 식으로 돈을 쓰고 있는지 소개하겠습니다.

■ 인스턴트 식품은 먹지 않는다

인간은 누구나 맛있는 것을 먹으면 행복을 느낍니다. 그렇기 때문에 먹고 싶은 것을 참으면서 다이어트를 하면 스트레스가 쌓여 좋지 않습니다.

또 여러 레스토랑 정보를 수집하여 맛있는 음식을 찾아다니는 것이 취미인 사람도 많을 것입니다. 나도 맛있는 음식 먹는 것을 아주 좋아하므로 외식을 자주 합니다. 먹는 것은 인간의 최대 욕망이므로, 음식 때문에 스트레스를 받는다면 인생의 커다란 즐거움을 빼앗기는 것이나 마찬가지입니다.

그러나 그것도 건강을 유지하고 있을 때의 이야기입니다. 건강이야말로 행복한 인생을 사는 원점이며, 정신적으로나 육체적으로 건강한 상태를 유지하는 것은 부자가 되는 것보다 더 중요하다는 것은 말할 나위도 없습니다.

사실 최근에 나는 오랫동안 유지해 온 식습관이 원인이 되어 생활습관병 검사에서 부적합 판정을 받았습니다. 이후 건강에는 남다른 주의를 하고 있습니다. 구체적으로는, 취침 3시간 전부터는 아무것도 먹지 않는다거나, 낮에도 감자튀김과 같은 인스턴트 식품은 일체 먹지 않습니다. 또 녹황색 채소나 청국장, 김치 등의 발효식품을 많이 섭취하고, 지방이 많은 음식은 가능한 한 먹지 않으려고 노력하고 있습니다.

식생활을 바꾸면 몸의 컨디션이 달라지고, 몸 컨디션이 좋아지면 정신상태도 개선됩니다. 건강하지 못하면 하고 싶은 일을 하지 못하기 때문에, 평소부터 자신이 먹는 음식을 절제하는 것은 아주 중요하다고 할 수 있습니다.

■ 좋은 물을 마신다

건강을 생각하는 데 있어 중요한 것이 바로 물입니다.

인체의 약 70%는 물로 이루어져 있기 때문에, 그야말로 물이 건강의 근원이라고 해도 과언이 아닙니다. 그래서 나는 양질의 물을 하루에 3~4리터는 마시고 있습니다. 외출할 때도 항상 페트병을 가지고 다니면서 자주 수분을 보충하고 있습니다.

또 아침에는 반드시 과일을 먹고, 주스는 100% 과즙이 아니면 마시지 않습니다. 그것도 농축과즙환원 제품이 아니라, 가능하면 스트레이트 과즙 제품을 선택합니다.

식사도 가능하면 수분이 많은 것을 먹으려고 하며, 커피는 거의 마시지 않습니다. 술도 맥주와 와인을 약간 마시는 정도로 많은 양은 아닙니다. 담배는 불론 피우지 않으며, 가능한 한 금연 공간을 이용합니다.

우유는 소화흡수가 잘 되지 않으므로 마시지 않습니다. 『병 안 걸리고 사는 법』의 저자로 세계적인 내시경 권위자인 신야 히로미(新谷弘實) 선생도 요약하자면 다음와 같이 말하고 있습니다.

시판 중인 우유는 생산과정에서 어쩔 수 없이 유지방이 산소와 결합하여 과산화 지질로 변화합니다. 과산화 지질이란 문자 그대로 산화된 지방이기 때문에 몸에 좋지 않은 건 말할 나위도 없지요.

또 우유에 포함된 단백질은 송아지의 성장에는 적합하지만, 인간의 위장 안에서는 잘 소화되지 않는 성분입니다.

■ 체형 유지에 투자한다

평소의 건강관리도 중요하지만, 균형 잡힌 몸매는 보기에도 좋고 매력적으로 보이는 법입니다. 비즈니스 관계냐 개인적인 관계냐를 떠나서 사람들은 이렇게 건강한 사람과 함께 있고 싶어 하는 것은 당연하며, 특히 성공인들에게는 그런 경향이 강합니다.

그렇다고 특별히 보디빌더처럼 몸매를 가꿀 필요는 없습니다. 보통 체격이면 되지만 뚱뚱하다는 인상을 주어서는 안 됩니다.

왜냐하면, 뚱뚱하다는 것만으로도 상대방에게 게으르다거나 참을성이 없다는 부정적 이미지를 줄 수도 있기 때문입니다.

사람에 따라서는 외모만 보고 이와 같은 부정적인 이미지를 가질 수도 있습니다.

미국에서는 슈퍼마켓에서 베개만한 크기의 감자튀김을 팔고 있을 정도니까 살찌기가 정말 쉽습니다. 그러므로 어지간히 의지가 강하지 않으면 균형 잡힌 몸매를 유지하기가 대단히 어렵습니다.

그렇기 때문에 미국 사회에서는 균형 잡힌 몸매를 유지하는 사람이 존경을 받습니다. 역대 미국 대통령이나 유명한 기업가를 떠올려 보아도 뚱뚱한 사람은 별로 없을 것입니다. 그래서 비만인 사람은 출세하기 어렵다고 하는 것입니다.

■ 치아에 투자한다

성공인은 거의 모두라고 해도 좋을 정도로 이(齒)에 많은 돈을 투자하고 있습니다. 왜냐하면, 치아가 좋지 않으면 건강에도 악영향을 미칠 수 있지만, 그 이상으로 이는 시각적인 인상에 커다란 영향을 미치기 때문입니다.

일본에서는 별로 그렇지 않지만, 서양에서는 '입가는 지성과 교양을 나타낸다'고 합니다. 치아에 콤플렉스를 가지고 있는 사람은 이야기를 할 때 손으로 입을 가리는 버릇이 있고 웃는 모습도 어딘지 어색합니다.

이에 반해 치아가 긴강한 사람은 웃는 모습도 밝고 건강합니다. 이야기를 할 때도 기분이 좋고, 같은 대화를 나누더라도 왠지 지적으로 들립니다.

또 치아가 건강한 사람은 차분하게 이야기를 하는 경향이 있고 자신감이 넘치므로, 상대방에게 긍정적이고 강렬한 인상을 줍니다.

참고로, 미국의 지식 계층은 예외 없이 치열이 고르고, 이를 위해 많은 비용을 투자합니다.

당신은 자신의 미소에 자신감을 가지고 있습니까?

만약 그렇지 못하다면 지금 당장 치과로 달려가십시오.

치아가 누렇다면 심미치과에 가서 치아미백(표백) 시술을 받아 이를 하얗게 만듭시다. 이를 하얗게 만들기만 해도 사람들에게 주는 첫인상은 완전히 달라지게 됩니다. 또 치열이 고르지 못하면 씹는 데에도 영향을 주므로 치열교정도 검토해 보는 것이 좋습니다.

물론 많은 치료비가 들겠지만, 이것은 당신의 미래 인생을 좌우할 중요한 투자라고 생각하고, 돈 아낄 생각 하지 말고 좋은 치과를 찾아 최고의 치료를 받으시기 바랍니다.

사람은 웃음이 많을수록, 그리고 웃는 모습이 멋질수록 행운의 여신을 불러들일 수 있는 가능성이 높습니다. 웃음이 많으면 많을수록 자신도 행복해지고, 주위 사람들도 행복하게 만들 수 있습니다. 왜냐하면 미소에는 사람들을 끌어들이는 불가사의한 힘이 있기 때문입니다.

만약 당신이 자신의 미소에 자신이 없다면 치아에 아낌없이 투자하십시오.

그리고 항상 멋진 미소를 보여줄 수 있도록 연습하십시오.

성공인들은 모두 예외 없이 멋진 미소의 소유자들입니다.

■ 몸이라는 재산에 투자한다

나는 중학교 2학년 때 안경을 쓰기 시작했습니다. 옛날부터 운동을 할 때만 일회용 콘텍트렌즈를 사용했는데, 난시가 심해서 안경만큼 잘 보이지 않았습니다. 또 장시간 책을 읽거나 컴퓨터를 하다 보면 눈동자에 심한 피로감을 느꼈습니다.

그래서 2002년에 라식 수술을 받았습니다.

물론 눈 수술이기 때문에 여러 사람의 체험담을 읽기도 하고 후유증 등을 꼼꼼하게 조사하여 꼭 수술을 해야 할 것인지를 신중하게 검토하였습니다. 그리고 괜찮겠다고 판단하여 수술을 받은 결과, 오랫동안 나를 괴롭혀 온 모든 고민들이 해소되었습니다.

눈의 피로는 물론, 그로부터 파생되는 어깨 결림과 요통까지 사라져, 정말 수술 받기를 잘했다는 생각이 들었습니다.

지금은 기술도 향상되었고 수술비용도 상당히 싸졌지만, 그 당시에는 양쪽 눈을 수술하는 데 50만 엔 이상 들었습니다. 50만 엔이라고 하면 거금이지만, 나는 그 정도의 많은 돈을 들여서라도 수술 받기를 잘했다고 생각합니다.

하지만, 오해가 없도록 말해 두는데, 눈이 나쁜 사람은 반드시 라식 수술을 받는 것이 좋다는 말은 아닙니다.

치아와 눈은 몸이라는 재산의 전형적인 예로서, 내가 말하고자 하는 것은 그만큼 자신의 몸과 건강에는 돈을 아끼지 말아야 한다는 것입니다.

❀ 제2장의 포인트

① 물건의 진가를 꿰뚫어보는 눈을 가지자

② 사람 만나는 것에 투자하라

③ 배우는 것에 투자하라

④ 건강에 투자하라

⑤ 상대방이 내게 해 주었으면 하는 것을 내가 먼저 상대방에게 해 준다

Time is more than money

3

공간과 시간에 인색한 사람은
성공할 수 없다!

| 반드시 필요한 투자와 필요 없는 투자 |

공간에 투자하라

　성공인들은 '공간' 을 아주 소중하게 생각합니다. 그렇기 때문에 공간에는 돈을 아끼지 않습니다. 공간에 투자한다는 것은, 예를 들어 신칸센은 우등석, 항공기는 비즈니스 클래스 혹은 퍼스트 클래스를 이용하는 것을 의미합니다.

　항공가나 기차를 단순히 이동수단으로 생각한다면 자유석이든 우등석이든 도착시간은 똑같습니다. 항공기도 비즈니스 클래스가 이코노미클래스보다 목적지에 빨리 도착하는 것은 아닙니다. 그런데도 어째서 성공인들은 군이 비싼 돈을 내고 우등석을 이용하는 것일까요? 항공기도 이코노미 클래스의 3배나 되는 비즈니스 클래스를 이용하는 것일까요? 과연 그 사람들은 기차의 우등석이나 항공기의 비즈니스 클래스라는 공간의 어디에서 가치를 발견하고 있는 것일까요?

　사실 나도 예전에는 '비즈니스 클래스에 한번쯤 타보고는 싶지만, 이코노미 클래스의 3배나 되는 요금을 내면서까지 탈 만한 가치가 있을까?' 하고 의문스럽게 생각했습니다.

그러나 실제로 타 보고 그 가치를 알게 되었습니다.

이동수단을 한 등급 높여 이용하라

요즘 나는 업무 차 출장을 갈 때뿐만 아니라 개인적으로 여행을 할 때도 신칸센은 우등석, 항공기는 비즈니스 클래스를 이용하고 있습니다.

또 가까운 예로는, 도쿄에서 이동할 때 지하철이나 JR을 갈아타야 하는 경우에는 전철을 이용하지 않고 택시를 이용합니다. 특히 무더운 여름이나 비오는 날에는 갈아탈 필요가 없어도 택시를 이용합니다.

비용을 따진다면 전철의 몇 배가 들지 모르지만, 택시의 장점은 프라이버시가 보호되므로 전화 통화를 할 수 있습니다. 택시는 생산성을 높일 수 있는 이동 사무실이라고 생각한다면 결코 비싸다고 할 수 없습니다.

내가 아는 성공인들도 대부분이 그렇습니다. 이동할 때 택시를 이용하는 사람이 많고, 가격이 싼 이코노미 클래스를 타고 여행하는 사람도 거의 없습니다.

그 이유는 단순히 돈이 많아서 호사를 부리거나 돈의 위력을 즐기려고 하는 것이 아닙니다.

확실히 이코노미 클래스에 비해 기내 서비스가 훨씬 좋지만, 그보다는 널찍한 좌석에서 편히 쉴 수 있다는 것이 첫 번째 이유입니다.

그 증거로, 비즈니스 클래스의 승객들 중에는 고급 와인이나 고급 요리는 거들떠보지도 않고 오로지 잠만 자는 사람도 적지 않습니다.

특히 나이가 들수록 항공기 이용은 몸에 무리를 주므로, 기내에서 어떻게 시간을 보내느냐에 따라 현지에 도착한 후의 활동에 커다란 차이로 나타나는 것입니다.

예전에 나도 그랬지만, 이코노미 클래스를 이용하여 장시간 여행한 후에는 피곤해서 아무래도 호텔에서 잠시 쉬고 싶어집니다. 그 결과, 한나절 혹은 하루를 허비해 버린 적도 몇 번 있었습니다.

그러나 비즈니스 클래스를 이용하면 장시간의 여행에도 몸이 아주 가벼워 현지에 도착하여 바로 행동할 수 있습니다.

『어른들을 위한 공부법』 등의 저자로 알려진 정신과 의사 와다 히데키(和田秀樹) 씨도 '신칸센은 반드시 우등석을 탄다'고 저서에서 밝히고 있습니다. 그 이유도 역시 단순히 호사를 부리기 위해서가 아니라, '우등석은 조용하여 차내에서도 일을 할 수 있고 피로감도 적게 느끼므로, 목적지에 도착하면 바로 일을 시작할 수 있기 때문'이라고 하였습니다.

이와 같이 신칸센의 우등석이나 항공기의 비즈니스 클래스와 같이 한 등급 높은 공간을 이용하면 이동시간이 같더라도 그 공간에서 보내는 시간의 질은 전혀 달라집니다. 이것은 다시 말해 시간을 돈으로 사는 것이라고 할 수 있습니다.

내가 비즈니스 클래스를 이용하는 또 한 가지 이유

내가 우등석이나 비즈니스 클래스를 이용하는 이유가 단지 육체적으로 피곤하지 않기 때문만은 아닙니다. 사실은 그 이상의 가치를 발견할 수가 있습니다. 그것은 한 등급 높은 공간에는 성공인들을 만날 수 있는 기회가 많다는 것입니다.

앞서도 언급했지만, 성공하기 위해서는 '훌륭한 인맥'이 반드시 필요합니다. 훌륭한 인맥은 금맥으로 이어지는 경우가 많기 때문입니다.

한 등급 높은 클래스를 이용하는 사람들은 그만큼의 경제력이 있는 성공한 사람들입니다.

다시 말해, 그런 사람들과 알고 지낼 수만 있다면, 가치관이나 사고방식도 자극을 받아 당신의 인생에 크게 보탬이 될 가능성이 높은 것입니다.

설사 당신이 약간 무리를 해서 비즈니스 클래스를 탔다 하더라도 주위 사람들은 그런 사정을 알 리가 없습니다.

그 클래스에 타기만 해도 자신과 똑같은 눈높이로 상대방을 바라보는 것입니다.

따라서 이런 기회를 활용하지 않을 수 없겠지요.

나도 처음에는 훌륭한 기내식이나 널찍한 공간에 만족하고, 먹고 자고 하면서 시간을 보냈습니다. 그러나 먹고 자기만 해서는 너무 아깝다는 생각에, 그 후부터는 기회가 생기면 적극적으로 옆 좌석의 사람과 대화를 나누었습니다. 그 결과, 나는 여러 차례 성공인들과 의미 있는 대화를 나눌 수 있는 기회를 가졌습니다. 그 중에는 자신의 성공체험을 이야기해 주는 사람도 있었는데, 그것은 마치 맨투맨으로 세미나를 듣는 기분이었습니다.

'하지만 어떻게 옆 사람에게 말을 걸면 좋을지 모르겠다' 는 사람도 많을 것입니다. 그래서 내가 항상 사용하는 마법의 키워드를 알려드리지요. 이 한마디만 건네면 어지간한 경우가 아니면 무시당하는 일은 없습니다.

그 한마디는 바로,

"어디서 오는 길이십니까?(Where are you from)?"

입니다.

"뭐야, 겨우 그거야?"

대부분의 사람들은 이렇게 말하며 실망했다는 표정을 지을 것입니다. 하지만 이것이야말로 가장 쉽게 할 수 있고 또 상대방에게 거부감을 주지 않는 말입니다.

기내식 먹을 시간이 되면 그 동안 자고 있던 사람들도 대부분 일어나므로, 상대방이 술을 마시기 시작하는 기회를 보아 '어디서 오는 길이십니까?' 하고 말을 걸 겁니다. 그러면 대부분의 사람들은 'ㅇㅇ에서 오는 길입니다.' 하고 대답을 하므로, 그 후에는 '이번에는 업무 차 가시는 겁니까?' 하는 식으로 자연스럽게 대화를 이어갈 수 있습니다.

인생을 살면서 만날 수 있는 사람의 수는 극히 한정되어 있습니다. 그러므로 모처럼 주어진 절호의 기회를 놓치지 않기 위해서라도 꼭 자신이 먼저 말을 걸도록 하십시오.

좋은 체험을 계속 즐기기 위하여

'일단 비즈니스 클래스를 이용하여 재미를 붙이게 되면, 다음부터는 더 이상 이코노미 클래스는 타고 싶지 않게 되지 않을까요?' 하고 걱정하는 사람도 많을 거라고 생각합니다.

아닌 게 아니라, 기내의 쾌적함은 물론이고 탑승할 때도 긴 줄을 서지 않고 출발시간이 다 될 때까지 느긋하게 라운지에서 시간을 보낼 수 있는 것은 대단히 매력적입니다. 그렇기 때문에 일단 그 쾌적함에 맛을 들이면 이코노미 클래스로는 다시 돌아갈 수 없지 않을까 하는 우려는 맞습니다.

실제로 나도 요즘에는, 만약 경제적 사정으로 비즈니스 클래스를 타지 못할 상황이 되면 아마 여행을 포기하면 했지 이코노미 클래스는 타지 않을 거라고 생각합니다.

이럴 경우 당신이라면 '그러니까 처음부터 타지 않는 게 좋겠다'라고 생각하십니까, 아니면 '그 정도로 매력적이라면 평생 계속 타야지'라고 생각하십니까? 당신은 어느 쪽입니까? 나는 단연코 후자였습니다.

그것도 '언젠가는 탈 수 있게 되었으면 좋겠다'는 막연한 생각이 아니라 '반드시 탈 수 있도록 한다!'는 강한 생각을, 이코노미 클래스밖에 탈 수 없었던 시절부터 가지고 있었습니다. 이것이 성공을 향한 원동력의 하나가 되었던 것입니다.

그리고 요즘에는 '평생 비즈니스 클래스를 탈 수 있도록 노력하자!'는 강한 생각을 가지고 매일 최선을 다하고 있습니다. 이것이 지금도 나 자신의 일에 대한 동기부여가 되고 있습니다.

물론 대출을 받아서까지 우등석이나 비즈니스 클래스를 탈 필요는 없지만, 다소 무리를 해서 한 등급 높은 클래스를 탈 수만 있다면, 반드시 그렇게 하는 편이 좋다고 생각합니다. 그렇게 하면 확실히 보는 세상이 넓어집니다. 특히 당신이 경영자이고 어느 정도 성공했음에도 아직도 이코노미 클래스의 그룹 티켓으로 출장을 다녔다면 그것은 대단히 안타까운 일입니다.

그 시점에서는 여비를 절약할 수 있었을지는 모르겠지만, 그래서는 비행기가 그저 단순한 이동수단에 머무르고 맙니다. 한 등급 높은 서비스를 받으면 이동시간이 의미 있는 시간으로 바뀔 뿐만 아니라 감성도 풍부해지므로, 꼭 한번 체험해 보시기 바랍니다.

그 체험은 반드시 평소의 비즈니스나 경영에서도 효과를 발휘할 것입니다.

일류 호텔의 라운지를 활용하라

공간을 고려한다면, 업무적인 약속 등으로 사용하는 공간에도 가능한 한 신경을 쓰시기 바랍니다. 나는 업무적인 약속으로 사람을 만날 때는 가능한 한 일류 호텔의 라운지를 이용합니다. 패밀리 레스토랑의 경우에는 커피 한 잔에 300엔이면 되겠지만, 고급 호텔의 라운지의 경우에는 1,000엔 정도는 받습니다. 그러나

이 차액을 아깝다고 생각한다면 성공을 향한 길은 멀어집니다.

터놓고 지내는 사람과의 약속이라면 패밀리 레스토랑도 괜찮겠지만, 처음 만나는 사람과의 약속이나 중요한 상담의 경우에는 엉뚱한 절약정신을 발휘하지 않는 편이 좋습니다. 이러한 돈은 모두 필요경비라고 생각하십시오.

사실, 이렇게 말하는 나 자신도 과거에는 이런 것이 화근이 되어 크게 실패한 적이 있습니다.

회사를 그만두고 여러 가지 사업에 손을 대던 1994년의 일입니다. 중국잡화 수입 사업을 시작하려고 하던 나는 중국 잡화를 일본에서 판매해 줄 점포의 오너와 상담을 하고 있었습니다. 그런데 어찌 된 일인지 상담이 도무지 진척이 되지 않는 것입니다. 몇 명의 오너들과 상담을 해 보았지만, 결과적으로 모두 거절당하고 말았습니다.

그 당시에는 왜 거절을 당했는지 알지 못했으나, 지금 생각해 보면, 상담 장소를 패밀리 레스토랑으로 정한 것이 실수가 아닌가 생각합니다.

나중에 다른 사람을 통해 전해 들었는데, 아무래도 그 사람들로부터 내가 무시를 당했던 듯합니다.

그 후로 나는 모르는 사람과 처음 만날 때나 중요한 상담을 할 때는 반드시 일류 호텔의 라운지를 이용하고 있습니다.

참고로, 나는 오사카에 머물 때는 반드시 힐튼이나 리츠칼튼 호텔을 이용합니다. 리츠칼튼은 잘 아시다시피, 최고의 서비스를 제공하는 호텔로 유명합니다. 또 힐튼은 내가 골드 멤버이므로 VIP 라운지를 이용할 수 있기 때문입니다.

이렇게 수준 있는 공간에서 상담을 하면 호텔의 브랜드력을 빌려서 신용을 창조할 수 있으며, 좋은 결과로 이어지는 경우가 많습니다.

패밀리 레스토랑이 좋지 않다는 것이 아니라, 약간의 추가 비용으로 신용을 창조할 수 있다면 조용하고 쾌적한 일류 호텔을 이용하지 않을 이유가 없다는 이야기입니다.

굳이 무리해서 고급 레스토랑을 이용하는 가치

레스토랑에서 식사를 할 경우, 대중적인 식당의 가장 비싼 요리보다는 최고급 레스토랑의 싼 요리를 선택하는 것이 더 낫다고 생각합니다.

내 경험으로 보면, 대중적인 레스토랑의 '특상' 메뉴와 최고급 레스토랑의 '보통' 메뉴는 가격에 그다지 차이가 없습니다. 그러나 고급 레스토랑에서는 점포의 신용이 있으므로, '보통' 메뉴라 해도 나름대로 좋은 재료를 사용하는 경우가 대부분입니다. 따라서 가격 대비 품질을 비교해 본다면, 고급 레스토랑에서 '보통' 메뉴를 주문하는 편이 더 낫다고 할 수 있습니다.

또한 내가 고급 레스토랑을 추천하는 이유는 요리의 품질 뿐만이 아닙니다. 요리란 맛뿐만 아니라 식기나 의자, 테이블, 서비스, 레스토랑의 분위기, 고객층 등을 종합적으로 즐기는 것입니다. 이러한 것을 비교해 보았을 때, 대중식당과 고급 레스토랑은 확실한 차이가 납니다. 어느 쪽이 정신적인 풍요로움을 즐길 수 있는가 생각해 보면 답은 저절로 나올 것입니다.

4성급 호텔의 최고급 방보다는 5성급 호텔의 보통 방

호텔을 고를 때에도 앞서 설명한 레스토랑을 고를 때와 마찬가지로, 어차피 묵을 거라면 4성급 호텔의 최고급 방보다는 5성급 호텔의 보통 방을 선택하는 것이 좋다고 생각합니다.

나는 설사 개인적으로 여행을 가더라도 가능하면 가장 좋은 호텔의 클럽 플로어에 투숙합니다. 그리고 조금 일찍 체크인 해서 호텔 내의 시설들을 최대한 활용합니다. 그 중에서도 추천할 만한 것이 피트니스 룸과 스파입니다.

대부분의 성공인들은 건강에도 많은 신경을 쓰기 때문에, 호텔에 묵을 때도 피트니스 룸을 이용하는 경우가 많습니다. 따라서 그곳에는 여러 성공인과 사귈 기회도 잡을 수 있는 것입니다.

또 클럽 플로어에는 대체로 VIP 라운지가 있습니다.

고급 호텔의 VIP 라운지에서는 통상 아침식사와 점심, 티타임, 오르되브르, 야식 등 식사 메뉴가 하루 다섯 차례 정도 번갈아 제공되며, 이러한 식사는 모두 무료입니다. 또 음료도 무료이므로, 비용 면에서 보아도 결코 비싼 것이 아닙니다.

라운지 이용객은 외국인이 많고 내국인은 별로 이용하지 않지만, 조용하고 분위기가 차분하므로 상담하기에도 적당한 장소입니다.

고급 호텔의 VIP 라운지에서 상담을 하면 호텔의 브랜드력이 자신의 신용도를 높여 주므로, 비즈니스의 성공률도 훨씬 높아지기 마련입니다.

서비스 담당을 활용하라

낯선 지방에 갔을 때는 반드시 호텔의 서비스 담당을 활용할 것을 권합니다. 일류 호텔일수록 그들의 지식은 보물 덩어리입니다. 현지의 맛있는 레스토랑이나 명소는 물론, 지역정보를 훤히 꿰차고 있으므로, 그들로부터 가능한 한 많은 정보를 얻어 두면 여행의 즐거움은 몇 곱절 업그레이드 될 것입니다.

또한, 레스토랑을 예약할 때는 가능하면 호텔의 서비스 담당에게 부탁하는 것이 좋습니다. 자신이 직접 예약하는 것보다 훨씬 수준 높은 서비스를 받을 수 있습니다. 꼭 시도해 보시기 바랍니다.

또 이것은 여담입니다만, 여행이나 출장 때 항공사나 호텔을 이용하는 경우에는 가능하면 한 곳을 지정해서 이용하도록 하는 것이 좋습니다.

특정 항공사나 호텔의 단골이 되면 VIP 고객 리스트에 올라가게 되고 정중한 대우를 받을 수 있기 때문입니다. 예를 들어 항공사의 경우, 비즈니스 클래스를 퍼스트 클래스로 업그레이드 받을 수도 있고, 호텔의 경우에는 골프나 쇼에 초대를 받을 수도 있습니다. 이것도 항공사나 호텔을 효과적으로 이용하는 비결이라고 할 수 있습니다.

멋진 서비스를 받았을 때 반드시 해야 할 것

나는 어떤 장소에서나 멋진 서비스를 받으면 솔직하게 고맙다고 말하는 버릇이 있습니다. 구체적으로는, '고맙습니다' 뿐만 아니라 '멋지다'거나 '훌륭하다'는 표현을 의식적으로 사용합니다.

이것은 평소 생활에서도 마찬가지입니다.

처음에는 쑥스럽다고 느껴질 수도 있겠지만, 조금 용기를 내서 꼭 고맙다는 마음을 전달하도록 하십시오. 그 말을 듣는 상대방도 기분 좋고, 말을 한 나 자신도 기분이 좋아질 것입니다. 나는 이것을 '호감의 상승효과'라고 하고 있습니다.

솔직히 말하자면, 나도 옛날에는 이렇게 고맙다는 표현을 잘하지 못했습니다. 아니, 그런 것을 의식하지도 못했다는 편이 맞을 것입니다.

월급쟁이 시절과 회사를 그만둔 후 3년 정도까지도 그랬는데, 그때는 여하튼 나 자신의 일만으로도 벅찼고 먹고 사는 것만으로도 힘겨웠던 시절이었습니다. 그렇기 때문에 그런 정신적 여유가 전혀 없었습니다.

그러나 생활에도 조금씩 여유가 생기고 여러 성공인들과 알고 지내게 된 후부터는, 그들이 솔직하게 고맙다는 표현을 하는 것을 보고 나도 의식적으로 그런 말을 쓰게 되었습니다. 그러자 스스로도 놀랄 정도로 인생이 달라지기 시작했습니다.

그들은 또 이와 같은 감사의 표현뿐만 아니라, 호텔이나 항공기를 이용하면서 느낀 점을 적극적으로 표현합니다. 예를 들어

'이 서비스는 아주 좋았다' 거나 '이것은 이렇게 하면 더 좋지 않을까?' 하는 식으로 말입니다.

특히 미국의 호텔이나 항공사에서는 클레임뿐만 아니라 고객들의 의견도 대단히 중요시 하고 있으므로, 이러한 건설적인 의견을 제시해 줌으로써 확실히 좋은 고객으로 받아들여질 수 있게 됩니다.

또 가끔 감사의 표시로 공항 내에서 사용할 수 있는 밀 쿠폰(식권)이나 마일리지 티켓 등을 선물하는 경우도 있습니다. 금액으로 치자면 별것 아니지만, 이렇게 사소한 행동이 의외로 고맙게 받아들여지는 법입니다.

물론 답례를 기대하고 의견을 제시하는 것은 본말이 전도된 것이지만, 어쨌든 느낀 점이 있으면 적극적으로 이야기해 주는 습관을 들이시기 바랍니다.

특히 평소 자주 이용하는 항공사라면 감사의 마음을 담아 적극적으로 느낀 점을 이야기해 주도록 하는 것이 좋습니다.

최상의 여행을 체험해 보자

여행을 좋아하고 여행이 취미인 비즈니스맨이나 비즈니스우

먼도 많을 텐데, 비즈니스로 성공하기 위해 내가 꼭 추천하고 싶은 것이 바로 '최상의 여행' 입니다.

최상의 여행이란 일상생활에서는 경험할 수 없는 최고 수준의 서비스와 환경을 체험하는 것을 말합니다. 단순히 많은 돈을 써서 호화로운 여행을 하는 것이 아닙니다.

최상의 여행이 비즈니스의 성공과 무슨 연관성이 있나 하고 의아하게 생각하는 분도 있겠지만, 나는 분명히 연관성이 있다고 확신합니다. 최상의 여행을 체험해 봄으로써 영감과 창의력이 솟아나기 때문입니다.

또 최상의 여행은 인생을 보다 풍요롭게 만들어 주고, 이를 통해 체험한 것은 모든 비즈니스 상황에서도 응용할 수 있습니다. 게다가 다소 무리를 해서라도 최상의 여행을 경험해 봄으로써 자기 자신의 성공 이미지가 강해지고, '또 열심히 일해서 여기에 다시 오자!' 하는 의욕으로도 발전합니다.

전설의 레스토랑으로 유명한 '카시타'의 오너 다카하시 시게루(高橋滋) 씨도 여행이 가져다주는 효용성을 강연회 등에서 자주 언급하고 있으며, 일본의 정보 창업계에서 가장 돈을 잘 벌고 있다고 알려진 히라 히데노부(平秀信) 씨도 여행에서 얻은 영감이 자신의 비즈니스의 중추를 이루고 있다고 이야기하고 있습니다.

그 밖에도 많은 성공인들이 비일상적인 체험을 하고 색다른 공간에 몸을 던짐으로써 평소의 생활에서는 나오지 않는 아이디어가 솟아난다고 말하고 있습니다.

나도 예전에 마우이 섬에서 짙푸른 바다를 바라보고 있는 동안 새로운 비즈니스 아이디어가 샘물처럼 솟아나는 체험을 한 적이 있습니다.

아름다운 경치를 구경하기도 하고 멋진 것을 접하면서, 이런 소중한 시간을 보내다 보면 두뇌가 점차 활성화되고 상상력이 풍부해지는 것입니다.

가이드가 포함된 패키지 투어로 일본인이 경영하는 호텔에 묵으면서 밀 쿠폰으로 식사를 하고 일본인으로 가득한 면세점에서 쇼핑에만 내달리는 것이 전형적인 일본인 관광객의 행동이라고 생각하는데, 솔직히 이러한 패키지 여행은 별로 권하고 싶지 않습니다.

아무리 돈을 많이 썼다 하더라도 그것은 '최상의 여행'이라고는 할 수 없기 때문입니다.

또 하와이라면 와이키키가 아니라 마우이 섬으로 가는 것이 좋습니다. 그리고 카팔루아의 리츠칼튼이나 와일레아의 포시즌 또는 그랜드 와일레아 리조트에 투숙해 보기를 권합니다.

시간이 허락한다면(가능하다면 다소 무리를 해서라도 시간을 내서) 5박 이상 묵으면서 고급 리조트의 서비스를 체험해 보고 프라이

빗 비치에서 여유로운 시간을 즐겨 보십시오. 그곳은 가히 천국이라 할 만한 곳으로, 평소 생활에서는 도저히 얻을 수 없는 많은 자극을 받을 수 있을 것입니다.

또 마우이 섬은 와이키키와는 달리 일본인이 거의 없습니다. 만약 있다면 상당히 세련된 사람들이라고 할 수 있습니다. 그런 사람이야말로 꼭 사귀어 두어야 합니다.

이러한 비일상적인 공간에 몸을 던지는 것으로 얻을 수 있는 효용 가치는 이루 헤아릴 수 없을 정도로 많습니다. 지금까지 맛보지 못한 여유로운 시간과 체험이 당신의 두뇌를 자극하고 당신의 낡은 가치관을 바꾸어 줄 것입니다.

자신의 세계관을 넓혀 주는 여행 방법

나는 최근 미국뿐만 아니라 아시아도 여러 곳을 다녔습니다. 태국, 홍콩, 싱가포르, 말레이시아, 필리핀, 한국, 중국, 대만, 베트남, 캄보디아 등, 모든 나라들이 각기 다른 문화와 습관을 간직하고 있어 흥미롭습니다.

이는 선진국의 고급 리조트와는 또 다른 새로운 체험이 될 것입니다. 다양한 세계를 체험해 보면 확실히 당신의 세계관이 넓어질 것이기 때문입니다.

그 중에서도 태국의 방콕에는 30회 이상으로 특히 많이 다녀왔습니다.

여러분이 '추천할 만한 곳은 어디입니까?' 하고 묻는다면 나는 주저 없이 방콕이라고 답할 정도로 이 도시에는 이상한 매력이 있습니다.

국민의 대부분이 불교도이고, 모두들 항상 미소를 지으며 생활하고 있습니다. 또 왕국으로서 다른 나라에 한 번도 점령당한 적이 없다는 점도 영향을 미치고 있을 것입니다. 이곳 주민들을 만나 함께 있는 것만으로도 마음이 즐거워집니다. 4, 5월은 무척 덥지만, 11월이나 12월은 그럭저럭 지내기 좋습니다.

또 물가가 아주 싸서 처음 온 사람들은 싼 물가에 문화충격을 받을지도 모릅니다. 경제 격차에서 오는 물가의 차이는 개발도상국을 여행하는 커다란 매력이기도 합니다.

예를 들면, 마사지는 1시간에 700엔, 고급 골프 코스는 3,000엔으로, 물가가 일본의 5분의 1에서 10분의 1 수준에 불과합니다. 또 북경오리나 상어 지느러미도 2,000~3,000엔이면 먹을 수 있고, 일본에서는 2만 엔 정도 하는 생음악 가라오케도 3,000엔이면 체험할 수 있습니다. 골프, 음식, 마사지, 가라오케는 모두 내가 좋아하는 취미이므로, 그런 의미에서 태국은 나의 천국이라고 할 수 있습니다.

또한, 동남아시아는 세계적으로도 호텔에 대한 평가가 아주 높은 것으로 알려져 있습니다.

방콕의 오리엔탈이나 페닌술라 등은 매년 세계 호텔 랭킹의 상위를 독점하고 있을 정도입니다. 이 두 호텔 이외의 5성급 호텔은 일본에서는 4~5만 엔 정도 하는 등급이지만, 시즌에 따라서는 만 엔 정도면 묵을 수 있습니다.

사실 나는 1999년에 부모님을 거의 동시에 여의고 정신상태가 최악이었던 시기가 있습니다. 그야말로 인생의 나락으로 떨어진 기분이었는데, 그런 나를 구해 준 것이 바로 태국인들의 미소였습니다. 그들의 미소에 내가 입은 마음의 상처는 말끔히 치유되었습니다.

그런 일도 있어서 앞으로는 태국의 불우 어린이들을 입양하거나, 아이들에게 교육의 기회를 제공할 수 있는 학교를 세우는 것이 지금 나의 꿈입니다.

또 우리 집에서는 매년 가족끼리 여름휴가 때 홋카이도 여행을 합니다. 2006년에는 오아라이(大洗)에서 페리를 타고 갔고, 그 전 해에는 우에노에서 호쿠토세이(北斗星)를 타고 기차로 갔습니다. 비행기로 가면 90분밖에 걸리지 않지만, 20시간이나 되는 여정을 즐기는 것이 여행의 멋이라고 생각합니다.

좀 귀찮을지는 모르겠지만, 여러분도 팸플릿에 실려 있는 기획 여행이 아니라 스스로 계획을 짜서 여행을 즐겨 보시기 바랍니다. 분명 새로운 발견을 하게 될 것입니다.

한 등급 높은 골프장에서의 라운딩

나는 골프를 무척 좋아합니다. 성공인들 중에도 골프를 좋아하는 사람이 많은 모양이어서, 나는 지금까지 골프를 통해 많은 성공인들을 만났습니다.

골프라고 하면 친구들끼리 가는 것으로 알고 있는 사람도 많을지 모르겠지만, 나는 리조트 호텔에 묵을 때는 혼자서도 자주 골프를 치러 갑니다. 미국은 골프의 천국이기 때문에, 부담 없이 혼자서 플레이 하는 사람도 흔히 볼 수 있습니다.

이용하는 골프장은 가능한 한 최고급 골프장으로 갑니다. 왜냐하면 고급코스에서는 성공인들이 플레이를 하고 있기 때문입니다.

미국의 퍼블릭 코스에서는 흔히 있는 일이지만, 이런 곳에 혼자 가서 운 좋게 성공인들과 함께 플레이를 할 수 있다면 그야말로 행운입니다. 한 라운드를 도는 최소 4시간 동안은 함께 시간을 보내게 되므로 여러 가지 대화를 나눌 수 있습니다. 골프라는 공통의 화제가 있으므로, 라운드가 끝날 때쯤이면 거의 대부분

사이가 좋아지게 됩니다.

또한 골프 실력이 좋으면 그들과 친해질 가능성은 더욱 커집니다. 물론 절대조건은 아니지만, 다음에 다시 함께 치자는 초대를 기대할 수 있다는 의미에서는 골프를 못 치는 것보다는 잘 치는 편이 유리한 것은 틀림없는 사실입니다.

지금까지 설명했듯이, 고급 골프 코스나 호텔, 레스토랑, 항공기의 비즈니스 클래스나 퍼스트 클래스, 신칸센의 우등석과 같이 한 등급 높은 공간에는 한 등급 높은 사람과 어울릴 수 있는 기회가 많이 존재합니다.

돈을 빌려서까지 그렇게 할 필요는 없지만, 다소 무리를 해서 할 수만 있다면 반드시 자신보다 한 등급 높은 생활을 하는 사람과 어울리도록 노력해 보십시오.

틀림없이 인생관이 달라지고, 성공으로의 길도 가까워질 것입니다.

돈 쓰는 법과 시간 활용법의 관계

또 한 가지, 성공인들이 아주 중요하게 생각하는 것이 있습니다.

그것은 바로 시간입니다.

나의 미국인 멘토도 늘 입버릇처럼 'Time is more than money' 라고 하였습니다. '시간은 돈보다 더 소중하다.' 는 의미입니다.

따라서 지각은 상대방의 소중한 시간을 빼앗는 것이므로 절대로 해서는 안 됩니다. 성공인일수록 시간의 소중함을 깨닫고 있으므로, 모쪼록 지각하지 않도록 주의하시기 바랍니다.

시간이란 것은 우리에게 가장 귀중한 자기자원입니다. 흔히 하는 말이지만, 이 세상에서 유일하게 누구에게나 공평하게 주어진 것이 시간이며, 누구나 공평하게 하루 24시간밖에 주어지지 않는 것입니다. 시간은 아무리 노력해도 줄어들 뿐이지 자력으로 늘리기는 불가능합니다. 바로 그렇기 때문에 성공하기 위해서는 시간을 의식하는 것이 아주 중요합니다. 자신의 시간을 최대한으로 활용하는 것이 성공으로 가는 지름길인 것입니다.

세상에는 바로 행동으로 옮기는 사람과 그렇지 못한 사람이 있는데, 이 양자 사이에서는 시간의 가치가 달라집니다.

배운 것은 바로 실천해 본다.

생각난 것은 일단 바로 해 본다.

지금 할 수 있는 것에 최선을 다한다.

이와 같은 행동은 시간을 소중하게 생각한다는 의미에서 아주 멋진 행동이라고 할 수 있습니다.

덧붙이자면, 자신이 할 수 없는 일을 잘하는 사람에게 부탁하고 남는 시간을 자기가 자신 있고 즐길 수 있는 분야의 일에 할애하는 것도 효과적인 시간 활용법이라고 할 수 있습니다. 나는 이것을 '인력의 레버리지(=지레의 원리)'라고 합니다.

최근 비즈니스 세계에서는 M&A(기업 인수·합병)가 성행하고 있습니다.

이러한 것도 인수·합병의 대상 회사가 그 사업을 일으키는 데 들인 시간을 사는 것이라는 의미에서는 그야말로 시간의 효과적 활용이라고 할 수 있습니다.

나는 이것을 '시간의 레버리지'라고 합니다.

소수만이 가지고 있는 시간 감각

미국의 클린턴 전 대통령이나 배우 출신의 캘리포니아주 지사인 아놀드 슈워제네거, 투자가로 유명한 조지 소로스 등, 세계의 초VIP들의 코치를 맡아 온 세계 최고의 코치 앤터니 로빈스는 시간에 대하여 다음과 같이 말했습니다.

'만약 3년 전의 생활과 현재의 생활이 달라지지 않았다면, 당신의 인생에는 문제가 있다. 왜냐하면 3년 전과 지금이 달라지지 않았다면, 3년 후에도 지금과 아무런 변화가 없을 가능성이 높기 때문이다.'

나도 동감입니다.

'tomorrow never comes' 라는 격언이 있습니다. 번역하면 '내일은 영원히 오지 않는다' 는 의미입니다. '내일 하자', '다음 주에 하자' 고 하는 사람은 거의 대부분 아무리 시간이 흘러도 똑같은 말만 되풀이합니다.

'곧 할 거야' 라는 말은 '이제 하지 않을 거야' 라는 말이나 마찬가지입니다.

'내일 하자' 고 하는 사람들의 '내일' 은 영원히 오지 않기 때문입니다.

성공하고자 하는 사람에게 '내일 하자' 는 발상은 존재하지 않습니다.

또 성공인들은 평소 신중하게 생각하지만, 일단 하겠다고 마음먹으면 바로 실행에 옮기는 습관이 몸에 배어 있습니다. 게다가 일단 해 보고 잘못되었다는 것을 깨달으면 바로 수정해서 다른 방법으로 시도해 보며, 거기에서 무엇이 잘못되었는지 반성하고 개선할 수 있도록 노력하고 있습니다.

성공인이 계속 성공할 수 있는 이유. 그것은 신속한 결단력과 신속한 실행력, 그리고 다른 사람보다 훨씬 많은 도전을 하기 때문입니다. 그리고 나쁜 결과에 대해서도 피하지 않고 받아들이고, 잘못된 것을 솔직하게 인정하는 용기가 있기 때문이라고 생각합니다.

도전을 많이 할수록 당연히 실패도 많이 합니다. 그러나 거기서 잘못된 점을 반성하고 개선하여 하나하나의 체험을 헛되게 하지 않고 모두 성공을 위한 발판으로 삼고 있는 것입니다.

시간을 최대한 활용하자

대부분의 사람들이 성공하지 못하는 원인 가운데 하나로 꼽을 수 있는 것은, 하루를 아무 의미 없이 보내는 것입니다.

그 날 그 날 반드시 무언가를 얻어 내려고 노력한다면, 세월이 흐른 후에 전혀 다른 결과를 얻을 수 있습니다. 평소부터 주변의 일을 주의 깊게 관찰하는 습관을 가집시다.

당신의 인생을 풍요롭게 만들어 줄 멋진 메시지는 이따금 언뜻 보기에 중요하지 않은 듯한 일 속에 숨어 있습니다. 즉, 세상에 쓸모없는 것은 하나도 없다는 말입니다.

성공인들은 호기심과 탐구심이 대단히 왕성하여, 아무리 사소한 일에도 흥미를 가집니다. 거리에서 사람들이 모여 있는 것을 보면, 그들이 무얼 하는 사람들인지, 지금 무얼 하고 있는지 반드시 확인을 하고 지나갑니다. 바로 거기에 돈을 벌 수 있는 힌트가 있기 때문입니다.

그리고 또 성공인들은 하루하루를 최선을 다해 열심히 살아갑니다. 그들의 공통점은 가장 먼저 시간을 소중하게 생각한다는 것입니다. 시간을 소중하게 생각하는 사람들은 행운의 여신을 만날 수 있는 확률이 높아집니다. 뿐만 아니라 다양한 혜택이 주어진다는 것도 그들은 잘 알기 때문입니다.

시간은 한정되어 있습니다. 그렇기 때문에 한 순간 한 순간을 소중하게 생각하면서 시간의 레버리지를 활용하여 시간을 내 편으로 만들어야 합니다.

시간을 내 편으로 만들면 당신의 인생은 보다 풍요로워질 것입니다.

❧ 제3장의 포인트

① 공간과 시간에 투자한다

② 일류 호텔, 레스토랑… 과감하게 한 등급 높은 공간을 이용한다

③ 멋진 서비스에는 솔직하게 감사의 마음을 전달한다

④ 최상의 여행을 한다

⑤ 다양한 여행을 경험하여 시야를 넓힌다

Fake it till you make it

4

황금인맥 구축법

| 사람과 운과 돈을 순조롭게 순환시키는 방법 |

인생의 목표를 명확히 하기 위하여

나는 지금 목표 설정에서부터 성공까지의 과정을 도와주는 회원제 멘토 프로그램이라는 컨설팅을 하고 있습니다.

거기서 회원 분들과 면담을 하면서 느끼는 것이, 목표 설정방법을 모르거나 하지 못하는 사람들이 의외로 많다는 사실입니다. 그러나 그것까지는 이해할 수 있습니다.

나도 옛날에는 목표를 어떻게 설정해야 하는지 몰랐기 때문입니다.

그래서 질문을 바꾸어 '그럼 당신은 무슨 일을 할 때 가장 즐겁습니까?' 하고 물어 보지만, 이 질문에도 제대로 대답하지 못하는 사람이 있습니다.

이 정도라면 약간 놀랍습니다.

목표 설정에서 가장 중요한 것은, 예를 들어 연봉 1,000만 엔을 목표로 설정한다면 이번에는 그 1,000만 엔으로 무엇을 하고 싶은가에 대해 생각해야 한다는 것입니다. 그 수입을 가지고 어떻게 하겠다 하는 비전이 명확하지 않으면, 연봉 1,000만 엔을 번다는 목표 설정의 의미가 반감되기 때문입니다.

나는 그런 사람들에게, 자신이 정말로 무엇을 하고 싶은지 발견할 수 있는 '자신 찾기' 여행을 떠나 보라고 권하고 있습니다. 앞서 설명한 '최상의 여행' 등을 체험해 보고 색다른 공간에 몸을 던져봄으로써 영감과 창의력을 키우기를 바라기 때문입니다.

먼저 자신의 현재 위치를 파악하자

대부분의 성공인들은, 자신의 꿈을 실현하기 위해서는 먼저 목표를 설정하는 것이 중요하다고 말합니다. 물론 이 말 자체는 틀리지 않습니다.

그러나 현실적으로는, 목표를 설정할 때 자신의 현재 위치를 파악하지 못해 올바로 목표를 설정하지 못하는 사람이 많습니다. 따라서 목표를 설정할 때는 먼저 자신의 현재 위치를 정확히 파악한 후 시작하는 것이 중요합니다.

예를 들면, 영어 실력이 3급인 사람이 갑자기 반 년 만에 1급에 합격하겠다는 목표를 세운다면 어떻게 되겠습니까? 전혀 현실적이지 못하지요.

그렇기 때문에 나는 항상 '약간만 더 노력하면 달성할 수 있는 수준부터 시작합시다.' 하고 권합니다. 아직은 달성하지 못했지만 좀 더 노력하면 가능할 것 같은 목표를 설정하고, 그 목표를 달성해 나가는 작은 성공체험을 쌓아감으로써 진짜 실력이 늘어가는 것입니다.

예를 들어 영어 3급 수준인 사람은 반년 이내에 2급에 반드시 합격한다. 매월 1,000만 엔의 매출을 올리고 있는 영업사원이라면 1,200만 엔으로 올린다. 이런 식으로 목표를 세우도록 하십시오.

너무 터무니없는 목표를 세우면 도중에 싫증이 나고 좌절하여 그야말로 꿈으로 끝나고 마는 경우가 많기 때문입니다.

목표가 있는 것과 목표를 설정하는 것은 다르다

목표를 설정하는 것에 대하여 한 마디 덧붙여 두고 싶은 것은, '목표가 있다'는 것과 '목표를 설정한다'는 것은 전혀 다르다는 점입니다.

그 차이는 다음과 같습니다.

- 목표가 구체적인가?
- 기한이 포함되어 있는가?
- 종이에 씌어 있는가?
- 어째서 그 목표를 달성하려고 하는지가 명확한가?

이러한 질문에 대한 답이 모두 'YES' 가 되어야 비로소 '목표가 설정되었다' 고 할 수 있습니다.

오늘부터 보다 나은 자신을 지향하고자 한다면, 당신도 명확한 목표를 설정하십시오. 원대한 목표가 아니라 약간만 노력하면 달성할 수 있는 목표를 설정하고, 거기에 날짜를 적어 넣고 종이에 써 봅시다.

흔히 하는 말이지만, 날짜를 적어 넣는 것과 종이에 쓰는 것은 아주 중요합니다. 왜냐하면, 기한이 없으면 사람은 움직이지 않고 종이에 써놓고 매일 보지 않으면 목표를 잊어버리기 때문입니다.

세상에는 아예 목표를 설정하지 않은 사람도 많습니다. 그들이 목표를 설정하지 않는 것은 그 혜택을 충분히 이해하지 못하기 때문입니다. 또 자신이 원래 어떤 사람인가 하는 셀프 이미지도 부족하고, 몇 년 후에 자신은 어떻게 되겠다 하는 강한 열망을 가지고 있지 못하기 때문이기도 합니다.

아무런 목표도 없이 그저 막연히 하루하루를 보내고 있는 사람은 꿈이 정말로 꿈으로 끝나고 맙니다. 현재 상황에 만족하고 있는 시점에서 그 사람의 발전은 멈추기 때문입니다.

반대로, 미래에 대한 희망을 가질 수 있는 사람은 명확한 목표를 설정하고 그 목표를 향해 의욕적으로 노력을 계속해 나갑니다.

자신의 행복을 어떻게 이미지화할 것인가?

설정한 목표를 달성할 수 있느냐 하는 열쇠는, 몇 년 후에 나는 이렇게 되겠다 하는 열망이 명확하게 정해져 있느냐에 달려 있습니다. 바꾸어 말하자면, 무엇 때문에 자신이 그 목표를 달성해야 하는지, 그것을 가능한 한 구체적으로 이미지화 하고 영상으로 그려봅시다.

예를 들어 막연하게 '장차 벤츠를 사고 싶다' 가 아니라, '2년 후의 생일 때까지 회색 벤츠 CLS-550 모델을 사겠다' 고 하는 게 보다 구체적입니다. 그리고 회색 CLS-550의 사진을 항상 가지고 다니면서 영상 이미지를 머릿속에 그려본다면 그 차를 살 확률은 훨씬 높아집니다.

이것을 명확히 하기 위해서는 일단 자신의 행복이란 과연 무엇인지에 대하여 곰곰이 생각해 보는 것이 중요합니다.

'행복은 언제나 자신의 마음에 달려 있다'고 하듯이, 행복의 기준은 사람에 따라 각기 다릅니다.

당신에게 가장 행복한 것은 무엇인지 잘 생각해 보십시오.

되고 싶지 않은 자신의 모습도 명확히 해 둔다

'이렇게 되고 싶다'는 소망뿐만 아니라, '이렇게는 절대 되고 싶지 않다', '이런 생활은 두 번 다시 하고 싶지 않다', '이것만은 죽으면 죽었지 하고 싶지 않다'는 식으로, 자신이 되고 싶지 않은 모습도 때로는 목표를 달성하기 위한 동기부여가 될 수 있습니다.

사실은 나 자신이 그랬습니다.

월급쟁이를 그만두고 백수로 지낼 때는 제대로 인간 취급도 받지 못하는 생활에 견딜 수 없었고 인생의 소중한 시간을 허비하고 있다고 생각했지만, 지금 생각해 보면 그런 생활도 전혀 헛되지는 않았습니다.

'그렇게 지옥 같은 생활은 두 번 다시 하고 싶지 않다!'는 집념이 가슴 깊은 곳에 자리해 있었기 때문에 그 후 여러 가지 일에 도전할 수 있었다고 생각합니다. 나로서는 이런 생각이 노력하지 않으면 안 되는 이유가 되어 나로 하여금 적극적으로 행동을 취하도록 채찍질했던 것입니다.

그런 과정을 거치면서 나는, 세상에는 헛된 것이 하나도 없다는 걸 알게 된 것입니다.

당신에게는 가장 싫은 것이 무엇입니까?

죽으면 죽었지 이것만은 하고 싶지 않다는 것은 무엇입니까?

이런 것도 아주 중요한 동기부여가 되므로, 꼭 한번 생각해 보시기 바랍니다.

행운의 여신을 미소 짓게 하는 유일한 방법

나는 행운의 여신이 확실히 존재한다고 믿습니다. 그리고 이행운의 여신이 미소를 짓도록 해야 우리가 인생을 풍요롭게 살수 있다고 생각합니다.

그러면 행운의 여신을 미소 짓게 하기 위해서 우리는 어떻게 해야 하는 걸까요?

내 경험으로 보면, 행운의 여신은 노력과 성실을 아주 좋아하는 것 같습니다.

다시 말해, 성공을 향해 착실하게, 매사에 최선을 다하는 사람에게는 행운의 여신이 다가오는 법입니다.

실제로 내 주변의 성공인들을 보더라도, 행운의 여신은 '지금 할 수 있는 것에 최선을 다한다' 는 정신으로 적극적으로 노력해 온 사람에게 찾아오는 것 같습니다.

하지만 한 가지 주의해 두어야 할 것이 있습니다. 그것은 '남을 소중하게 생각한다' 는 정신을 잊지 말아야 한다는 것입니다.

혼자서만 열심히 노력해도 행운의 여신은 좀처럼 찾아와 주지 않습니다.

앞서도 말했지만 행운의 여신은 다른 사람을 통해 찾아오기 때문입니다. 즉, 다른 사람이 데리고 온다고 바꾸어 말할 수 있을 것입니다.

나도 이 사실은 여러 차례 직접 체험하였습니다.

내 DVD가 인기를 얻게 된 계기

이해하기 쉬운 예를 하나 소개하겠습니다.

현재 내가 만든 두 개의 DVD 『학교에서 가르쳐 주지 않는 억만장자 수업~부자가 될 수 있는 돈과 시간 사용법~』과 『엄청난 구조조정의 시대에 살아남는 방법! 자유로운 시간과 돈을 벌 수 있는 사고법!! 당신도 할 수 있는 비즈니스 오너의 권고』가 전국 TSUTAYA(비디오, DVD, CD, 서적을 빌려 주는 전국 체인망)의 '알아두면 득이 되는 돈 세미나' 라는 코너에서 임대되고 있습니다.

다행히 두 개 모두 호평을 받으며 임대 중이며, 이 DVD를 보신 분들로부터는 연일 기분 좋은 소식도 들어오고 있습니다. 그 중에는 이 DVD가 계기가 되어 내가 운영하는 투자 클럽의 회원이 되어 주신 분도 있습니다.

이 DVD는 내게 아주 훌륭한 브랜드가 되었고 또 효과적인 광고가 되어 준, 말하자면 '행운의 여신' 이었던 것입니다. 그러나 사실 이 기획 건은 내가 직접 TSUTAYA에 영업활동을 하여 실현된 것이 아닙니다.

우연히 한 세미나에서 알게 된 세미나 평론가 구리하라 도시아키(栗原敏彰) 씨가 이런 기획을 소개해 준 것이 계기가 되어 실현된 것입니다. 즉, 구리하라 씨가 행운의 여신을 내게 데리고 온 것입니다.

하지만, 처음부터 구리하라 씨가 행운의 여신을 데리고 올 사람이라는 사실을 알고 있었던 것은 아닙니다. 구리하라 씨와의 인연을 소중하게 생각하다 보니 내게 이와 같이 좋은 기회가 찾아온 것입니다.

성공인들은 이와 같은 일이 일어날 수 있다는 것을 알고 있으므로, 사람들과의 인연을 무척 소중하게 생각합니다. 아무리 사소한 인연이라도 소중히 하겠다는 마음자세가 항상 갖추어져 있는 것입니다.

따라서 당신도 행운의 여신을 만나고 싶다면 아무리 사소한 인연이라도 소중히 하시기 바랍니다. 그리고 주변 사람들과 좋은 인간관계를 구축하고, 주위로부터 응원을 받을 수 있는 사람이 되도록 노력해야 합니다.

거듭 말씀 드립니다. 행운의 여신은 절대로 혼자서 찾아오지 않습니다. 누군가가 데리고 오는 것입니다.

'운 좋은 사람'이 평소에 실천하는 것

성공하기 위해서는 운도 필요합니다.

이렇게 말하면 '운이 없는 사람'은 성공할 수 없는가 하고 걱정하실지 모르겠는데, 꼭 그런 것은 아닙니다. 대부분의 사람들은 운이라는 것을 복권에 당첨되느냐 떨어지느냐 하는 차원에서 생각하기 쉬운데, 운은 노력으로 끌어들일 수 있습니다.

그러면 운이란 도대체 어떤 것일까요?

나는 운이란 최고의 정보를 최고의 타이밍과 최고의 환경조건에서 입수할 수 있느냐 여부에 달려 있다고 생각합니다. 즉, 정보와 타이밍의 가치를 이해할 수 있다면, 행운을 잡을 수 있습니다.

이 정보와 시기와 환경이 모두 최고의 상태로 일치되는 경우는 거의 없지만, 잘 맞물리기만 하면 1이나 2의 노력으로 100의 성과를 거둘 수도 있는 것입니다.

반대로, 똑같은 정보라도 입수하는 시기나 환경이 좋지 않으면 100을 노력해도 1이나 2의 성과밖에 얻을 수 없습니다. 안타깝게도 세상에는 이 개미지옥에 빠져 있는 사람들이 많습니다.

성공인들은 성공에 이르기까지의 과정에서 기회를 만나면 그 기회를 확실하게 내 것으로 만드는데 반해, 보통 사람은 기회가 온 것조차도 깨닫지 못하는 경우가 많습니다. 어째서 그럴까요?

그것은, 기회는 내가 기회다, 말하고 찾아오지는 않기 때문입니다. 오히려 언뜻 보면 악마의 얼굴을 하고 나타나는 경우도 있습니다. 왜 그런 모습으로 나타나느냐 하면, 그것은 눈앞의 손익을 가리지 않고 고생하고 리스크를 감수하고서라도 성공하려고 하는지 진정성을 신이 시험하고 있기 때문입니다.

또 기회는 평소에 준비를 하고 있는 사람에게만 찾아오는 법입니다. '지금은 돈이 없으니까 돈이 모이면 시작하자'거나 '지금은 바쁘니까 일이 일단락되면 시작하자'고 하는 사람이 있는데, 이런 발상을 하는 사람에게는 절대 기회가 찾아오지 않습니다. 그리고 이런 발상을 하는 사람이 성공했다는 이야기를 나는 들어보지 못했습니다.

기회를 잡고 싶으면 평소부터 그 준비를 해 두는 것이 중요합니다.

꿈 도둑에 주의하자

우리 주위에는 많은 '꿈 도둑'이 존재합니다. 꿈 도둑이란 당신의 꿈이나 희망을 빼앗아가는 사람을 말합니다. 이런 사람은 아주아주 조심을 해야 합니다.

꿈을 향해 나아가는 사람은 긍정적인 에너지를 많이 가지고 있습니다. 그러나 꿈 도둑의 에너지는 대단히 부정적입니다. 따라서 이와 같은 꿈 도둑이 주위에 많이 있으면, 당신의 에너지도 알게 모르게 부정적으로 변하게 됩니다.

사실 꿈 도둑은 안타깝게도 당신의 가장 가까운 사람들 중에 많습니다. 그 도둑은 때로는 배우자일 수도 있고 부모나 형제일 수도 있으며 친구일 수도 있습니다.

예를 들어, 회사를 그만두고 무언가 사업을 시작하려는 열망을 가진 사람이 있다고 합시다. 그럴 때 꿈 도둑들은 한결같이 '월급 꼬박꼬박 잘 나오는데 이렇게 좋은 데가 어디 있어? 절대 그만두면 안 돼!' 하는 식으로 그럴 듯한 충고를 해 줍니다.(웃음)

그리고 안타깝게도 이 충고를 받은 대부분의 사람들은 자신의 뜻이 부정적으로 받아들여졌다고 느끼고 독립하는 걸 포기하고 맙니다.

어째서 꿈 도둑들은 이런 충고를 하는 것일까요?

그것은, 꿈 도둑들의 현실과 상식으로 보면 원래 꿈 따위는 실현될 수 없는 것이기 때문입니다. 그 증거로 꿈 도둑 중에 성공인은 없습니다.

불평불만만 늘어놓고 자기 자신이나 현 상황을 바꾸려고 노력하지 않는 사람, 항상 부정적인 말만 내뱉는 사람, 이런 사람들은 당신의 꿈과 희망을 빼앗아 가는 꿈 도둑이라 할 수 있습니다.

당신의 주위에 있는 꿈 도둑들로 인해 한 번 잘못된 사고 패턴에 익숙해져 버리면, 그 후에도 계속 잘못된 의사 결정을 내리게 됩니다.

이러한 악순환이 몇 년씩 계속되면 자신 속의 부정적인 목소리가 점점 힘을 얻게 되고, 리스크를 감수하고라도 도전하겠다는 의욕을 잃어버리게 됩니다.

그 결과, 성공이라는 두 글자는 당신으로부터 점차 멀어져가게 됩니다.

때로는 인맥을 재조정해 보자

그래서 내가 권하는 것이 바로 인맥의 재조정입니다. 성공을 위해 노력하는 사람들에게는 항상 인맥을 재조정하도록 권하고 있습니다.

당신도 지금까지 사이좋게 지내온 친구와 갑자기 이야기가 통하지 않게 되고 사이가 멀어진 경험이 있을 거라고 생각합니다. 그런 것은 언뜻 보면 외롭겠다는 느낌도 들지만, 사실은 자신의 수준이 높아짐에 따른 자연적인 현상으로서 오히려 기뻐해야 할 일입니다.

옛날처럼 사이좋게 지낼 수 없게 된 것을 한탄하지 않아도 괜찮습니다.

보다 나은 것을 얻기 위해서는 옛 것을 버려야 하는 것입니다.

앞으로는 의식적으로 자신보다도 높은 위치에 있는 사람들과 어울리도록 하십시오.

인간은 나이를 먹어 감에 따라 끊임없이 성장해 가지 않으면 지금까지 살아 온 시간이 의미를 잃게 됩니다. 설사 60년, 70년을 살았다 해도 그것은 단순히 오래 살았다는 것이지, 오래 산 것이 곧 많은 경험을 쌓은 것은 아닙니다.

매일 변화 없는 생활을 하고 있다면, 그 사람의 성장은 멈춰선 상태입니다. 실제로 세상에는 그런 사람들이 많습니다. 그렇기 때문에 성공하고 싶으면 스스로 나서서 적극적인 에너지가 충만한 곳으로 이동할 필요가 있습니다.

당신이 보다 높은 위치에 있는 사람들과 어울리고 싶다면 술집에 앉아 다른 사람들 욕이나 하고 흉을 보는 사람들 무리에서 하루라도 빨리 벗어나십시오.

그러기 위해서라도 한번쯤 당신이 지금 친하게 지내고 있는 사람들을 체크해 보기를 권합니다. 그 결과, 당신이 어울리고 있는 사람들이 건전하고 행복한 사람이 아니라면, 너무 오래 시간을 공유하는 일은 피하는 것이 현명합니다.

그런 사람들과 술을 마시러 가서 돈을 쓸 거라면, 앞서도 이야기했듯이 당신이 동경하는 사람이나 목표로 하는 사람을 식사에 초대합시다. 그리고 그들과 함께 시간을 공유하고 그들의 충고를 적극적으로 받아들이는 것이 좋습니다.

이것이야말로 가장 효과적으로 시간을 보내는 방법입니다.

돈이 없는 사람을 사귀지 말라?

내가 만난 부자들은 여유로운 생활을 하고 있었기 때문에 성격도 아주 대범하고, 인간적으로도 흠이 없는 훌륭한 사람이 많았습니다.

그들은 다른 사람과 비교하는 것에는 별로 관심이 없습니다. 어떻게 자신들의 생활수준을 높일 수 있을까에 대해서만 항상 진지하게 생각하고 있습니다. 그들은 생활에 여유가 있으므로 어떤 일에도 조급해 하지 않았고, 말투도 대체적으로 느리며 호흡을 흐트러뜨리지 않고 말하는 것이 특징입니다.

그런데 나에게 사람 사귀는 법에 대해 가르쳐준 멘토 가운데 한 사람이 '돈이 없는 사람과는 사귀지 말라!' 고 했습니다.

그때 나는 아무리 그래도 이건 좀 지나친 말이 아닌가 하는 생각이 들었습니다. 그리고 어째서 그가 그렇게 말하는 것인지 무척 의아했습니다.

하지만 미국에서 생활하는 동안 차츰 그 말이 무슨 의미인지 이해하게 되었습니다.

그것은 미국의 부자들이 가지는 일종의 자기방어라고 볼 수 있습니다.

미국은 기소(起訴) 사회이기 때문에 자신의 몸은 스스로 지키는 습관이 있습니다. 잃을 것이 없는 사람은 일단 문제가 발생하면 갑자기 태도가 돌변하는 경우가 많기 때문에, 금전적인 문제가 발생하거나 사고가 일어났을 경우, 상대방이 잘못을 했어도 어쩔 수 없이 오히려 이쪽에서 상응하는 비용을 물어줘야 하는 경우도 많다고 합니다.

　이것은 실제로 있었던 이야기인데, 한 노숙자가 슈퍼마켓에 들어가 산더미같이 쌓여 있는 통조림 더미에 몸을 부딪친 적이 있습니다. 슈퍼마켓 측에서도 일부러 그런 것을 알고는 있었지만, 상대방이 '바닥이 미끄러워 넘어져서 다쳤다'며 도리어 따지고 드니까, 귀찮기도 해서 소액의 합의금을 주고 처리했다고 합니다.

　또, '커피가 너무 뜨거워 엎지르는 바람에 화상을 입었다'며 맥도널드를 고소한 할머니 이야기는 유명합니다. 그 밖에도 미국에서는 연예인이나 운동선수와 같은 유명·저명인사가 자주 소송을 낭하고 있는데, 미국 사회에서는 변호사가 약자 구제라는 명목 하에 돈을 받아낼 수 있는 곳에서 최대한 받아내 주겠다는 식으로 범죄를 조작하기도 하는 것입니다.

　소송을 해서 어느 정도의 돈을 받아낼 가능성이 있다면, 원래 돈이 없는 사람은 '밑져야 본전' 식으로 소송을 하는 경우가 많습니다.

　따라서 미국이라는 나라는 가진 자로서는 소송을 당하지 않도록 신경을 써야 하는 나라인 것입니다. 언제 소송을 당할지도 모르는 공포감을 느끼며 생활하고 있다고도 할 수 있습니다.

물론 돈이 없는 사람 중에도 마음이 풍요로운 사람이 많습니다. 하지만 아쉽게도 비율적으로는 부자들에 비해서는 마음의 여유가 없는 건 사실입니다. 왜냐하면 대부분이 현재의 생활에 불만이 많기 때문에 아무래도 다른 사람과 비교해서 사물을 생각하기 쉽습니다. 게다가 때로는 시기심이 생겨 부정적인 생각을 하기 쉬우므로 극단적으로 부정적인 행동을 저지르는 경우도 있기 때문입니다.

가장 비생산적인 시간

만약 당신이 다른 사람을 흉보거나 욕만 하는 사람들과 어울리고 있다면 지금 당장 그런 사람들과 관계를 끊으십시오. 그리고 지금의 자신보다 높은 위치에 있는 사람, 경제적으로나 정신적으로 여유가 있는 사람하고 사귀도록 하십시오.

거듭 이야기하지만, 부정적인 사람과는 어울리지 않도록 하십시오.

유유상종(類類相從)이라는 말이 있는데, 이는 어울리는 사람에 따라 당신의 인생이 결정되기 때문입니다. 아쉽지만 이것은 사실입니다.

또 남의 욕이나 불평불만만 늘어놓는 사람은 경제적으로나 정신적으로 빈곤한 사람이 많습니다. 자기는 아무런 노력도 하지 않고 평생 남의 욕만 할 가능성도 높다고 할 수 있습니다.

남의 욕이나 하면서 술을 마시는 것만큼 비생산적인 시간은 없습니다.

억울하면 자기가 시샘하는 대상을 능가할 정도로 노력하면 되는 것입니다.

그러나 그런 사람들은 자신이 잘 되지 못하는 원인이 다른 사람과 주위 환경 탓이라고 굳게 믿고 있습니다. 그리고 남의 부를 빼앗을 궁리만 하고 있는 것입니다.

남의 행복을 시기하는 사람의 불행

지난번에 한 세미나 행사장에서 10년 만에 옛날 친구 A씨를 만났습니다. 내가 알기로 그 친구는 10년 전에 어떤 사업에 성공하여 억 대의 돈을 벌었습니다. 그러나 최근 10년 동안에 그의 인생은 그때와 많이 달라진 듯 보였습니다.

억만장자의 풍모는 보이시 않았고, 오히려 미리털도 부스스하고 옷도 꾀죄죄하였으며 먹고 살기에 빠듯한 생활을 하고 있는 듯 보였습니다.

이야기를 나눠 보니, 자신이 얼마나 불행한지 불만을 털어놓기 시작했습니다.

서로 같이 알고 있는 친구가 여럿 있었는데, '그 녀석은 나를 배신했어.', 혹은 '그 친구는 정말 한심한 녀석이야.' 하는 식으로 정말 푸념만 잔뜩 늘어놓는 것이었습니다. 스스로 초래한 결과를 마치 남의 탓으로 돌리는 듯한 말투였습니다.

이윽고 내가 사업을 잘 꾸려 나가고 있다는 사실을 알게 되자 그 친구는 갑자기 안색이 변하더니 입을 다물고 말았습니다. 그리고 빈정대는 듯한 표정을 보이더군요.

이 모습을 본 순간, 나는 더 이상 그 친구를 만나지 말아야겠다고 판단했습니다.

그는 내 친구입니다. 그래서 이야기를 들어 주고, 여러 사람을 소개 시켜주고, 비즈니스를 도와주려고 했습니다. 또 쉰 가까이 되었는데도 독신인 그에게 좋은 여자를 소개시켜 주려고도 생각했습니다.

그러나 그 빈정대는 듯한 표정을 본 순간 모든 것을 단념했습니다.

나는 아직도 이 판단은 옳았다고 생각합니다.

부정적인 생각은 결국 자신에게 돌아온다

'남의 불행은 곧 나의 행복'이라고 하지만, 남이 불행해지기를 바라고 있으면 원래 자신에게 올 행복도 등을 돌려버립니다. 그리고 다른 사람에게 바라던 불행은 결국 자신이 뒤집어쓰게 됩니다.

이것을 증명이라도 하는 듯한 이야기가 『찾아가지 않고도 팔수 있는 영업』의 저자이자 친구이기도 한 기쿠하라 도모아키(菊原智明) 씨의 메일매거진 『매달 계약을 따내는 영업사원의 사고 방식』에 소개되어 있기에 약간 길지만 인용하고자 합니다.

선배: "저 자식 신이 났군, 신이 났어. 언젠가는 호되게 당할 날이 올 거야!"

한 달에 2동의 계약을 따낸 후배의 험담을 하고 있었다.

그리고 그 후에도 후배의 상승세는 계속 이어졌다.

후배: "요즘 고객이 점점 늘어나고 있어요."

(선배가 이 말을 들으면 또 성질 부릴 텐데.)

후배의 상승세와 반비례하듯이 선배의 실적은 죽을 쑤고 있었다.

그리고 사람이 점차 부정적이 되어 간다.

선배: "빌어먹을! 짜증만 나는데 술이나 마시러 가자!"

나: "아, 아 네, 좋지요."(상황적으로 거절할 수 없지요)

다른 직원들도 함께 가자고 했지만 당연히 아무도 따라오지 않았다.

그리고 술자리가 시작되었다.

시작부터 3시간 동안 계속해서 넋두리만 늘어놓는다.

선배: "난 그 자식 계약이 깨지기만 매일 기도하고 있다고!"

나는 별로 술을 마시지 않았는데도 그 다음날 속이 몹시 좋지 않았다.

술은 역시 즐겁게 마셔야 몸에도 좋다는 걸 통감하였다.

그리고 수 주일 후, 3개월 전에 체결한 계약이 취소되었다.

선배의 소원이 이루어진 것이다.

하지만 후배의 것이 아니라 선배 자신의 고객이었다.

예로부터 성공철학 책에는 언제나 '소원은 이루어진다' 고 나와 있다.

하지만 똑같이 이루어질 거라면 좋은 일을 바라는 게 낫다고 생각한 사건이었다.

사실 이 이야기에는 후일담이 있습니다.

그 이야기도 그가 메일매거진에 써 놓았으므로 소개하도록 하겠습니다.

회사 선배 중에 불만이 많은 선배가 있었다.

이 시기에 그 선배와 만남도 단호하게 거부하기로 하였다.

다소 미안한 느낌도 있었지만 어쩔 수 없었다.

그 후 어떻게 되었을까?

훨씬 유익한 인맥을 만들 수 있게 되었다.

새로운 사람들과 어울리게 되어 아주 좋은 영향을 받았다.

정말 다행이라고 생각한다.

흔히 책에는 '무언가를 내놓지 않으면 새로운 것을 얻을 수 없다' 고 나와 있다.

정말로 그렇다고 느꼈다.

오랫동안의 관계를 깨끗이 단질하기는 어렵다.

그러나 그 나쁜 관계를 끊지 않는 한 새로운 사람을 만날 수 있는 확률은 낮다.

진정으로 자신을 바꾸려고 할 때 무엇부터 시작해야 할까?

그것은 부정적 영향이 있는 사람과의 관계를 끊는 것이다.

이것이 성공을 향한 첫걸음입니다.

내가 이야기하고자 하는 것이 바로 이것입니다.

따라서 당신이 보다 수준 높은 라이프스타일과 진정으로 풍요로운 생활을 원한다면, 앞서 소개한 A씨와 같은 사람들과는 어울리지 말아야 합니다.

만약 당신의 주변에도 A씨와 같은 사람이 있다면, 지금 당장 관계를 끊거나 잠시 거리를 두어 부정적인 에너지를 멀리 하도록 하십시오.

그리고 그것을 계기로 당신이 평소 어울리는 사람들을 다시 한 번 생각해 보는 것이 어떻습니까?

성공한 사람처럼 행동하라

조금이라도 일찍 풍요로운 생활을 누리고 싶다면 꼭 따라 해 주기를 바라는 것이 있습니다.

그것은 여유로운 척 행동하라는 것입니다.

미국에는 'Fake it till you make it.' 이라는 격언이 있습니다.

직역하면 '이루어질 때까지는 속여라' 는 말이 되지만, 미국에서는 '성공하고 싶으면, 성공한 사람과 똑같이 행동하라' 는 의미로 사용되고 있습니다.

'성공한 사람처럼 행동하라고 하지만, 아직 성공하지 못해서 그럴 수가 없다' 고 생각하는 사람도 많을 것입니다.

그러나 실제로 성공법칙의 황금률 중에도 '자신이 바라는 것을 이미 얻었다고 생각하라. 그리고 그렇게 행동하라'고 하는 구절이 있습니다. 그러니까 그런 식으로 생각하지 않아도 됩니다.

여기서 말하는 '그렇게 행동하라'는 것은 마음과 태도를 말합니다. 비싼 브랜드 제품으로 치장하라는 것이 아닙니다.

'성공한 사람처럼 행동하라'거나 '부자처럼 행동하라'는 것은 항상 당당하고 대범하게 생각하고 그렇게 행동하라는 의미입니다.

이런 사람 주변에는 자연적으로 운이나 재수, 돈, 인맥, 정보 등이 모여들게 되어 있습니다.

그러니까 당신도 성공하고 싶다면 지금부터 그 사람들처럼 행동할 것을 권합니다.

성공한 사람에게 공통된 네 가지

그러면 구체적으로 어떻게 행동하면 될까요?
포인트는 다음의 네 가지입니다.

첫째, 표정이 밝아야 합니다.

표정이 어두운 사람에게는 사람들이 모이지 않으며, 성공인 중에도 표정이 어두운 사람은 거의 없습니다.

밝은 미소, 밝은 태도, 밝은 말투 등 어쨌든 밝게 행동합시다.

특히 이 살아가기 힘든 세상에서 밝은 미소는 사람들을 희망으로 인도하는 출발점입니다.

누군가에게 미소를 보낸다는 것은 당신의 인상을 보다 좋게 만들어 주고, 당신 자신의 가치를 높여 줍니다.

자신이 어려울 때일수록 밝게 행동합시다.

둘째, 솔직하고 겸허한 태도입니다.

솔직한 사람은 다른 사람의 이야기를 진지하게 들어줄 수 있는 순수한 마음을 가지고 있습니다. 그리고 그런 사람일수록 영혼이 깨끗한 경우가 많고, 다른 사람의 의견을 받아들이는 마음의 여유도 가지고 있습니다.

사람은 자기의 의견을 순수하게 들어 주는 사람이나 자신을 이해해 주는 사람을 아주 소중하게 생각하는 경향이 있습니다. 설사 자신과 의견이 다르더라도 우선 그 사람의 이야기를 들어주면, 상대방은 마음을 열게 됩니다. 비즈니스를 할 때도 다른 사람의 충고를 솔직하게 받아들일 줄 아는 사람은 반드시 성공할 수 있습니다.

오늘부터 솔직한 마음으로 사람들의 이야기에 겸허하게 귀를 기울이도록 합시다.

셋째, 진취적이어야 합니다.

‘그 사람은 ○○인 걸 보면 운도 좋아.’, ‘그 사람은 ○○이어서 괜찮해!’, ‘나는 ○○해서 어차피 무리야.’ 하는 식으로 말하는 사람을 흔히 보는데, 이렇게 부정적으로만 이야기하는 사람은 스스로 행운을 밀어내고 있는 반면교사(反面敎師)적인 존재입니다.

항상 긍정적인 표현을 사용하면 스스로 행운을 끌어들일 수 있으므로, 반드시 이야기하는 말투에도 신경을 써야 합니다.

넷째, 남의 험담을 하지 말아야 합니다.

나는 지금까지 많은 성공인들과 많은 대화를 나누어 봤지만, 그 사람들이 다른 사람들에 대한 험담이나 욕을 하는 것을 들어 보지 못했습니다.

남의 험담을 안주 삼아 술을 마실 시간이 있다면, 지금 당신이 해야 할 일을 하나라도 더 하도록 합시다.

이상의 네 가지가 성공인처럼 행동하는 포인트입니다.

별로 어려운 것은 아니므로, 오늘부터 꼭 행동에 옮기시기 바랍니다.

'부자는 싸우지 않는다' 는 말의 진짜 의미

앞서도 이야기했듯이, 성공인은 시기심이나 질투심과 같은 감정은 가지고 있지 않습니다. 그들은 그렇게 한가하지가 않으므로, 누가 욕을 하더라도 '부자는 싸우지 않는다' 는 격언과 같은 태도를 취하고 절대 대꾸를 하지 않습니다.

최근에는 자신의 신분을 밝히지 않고 블로그 등에서 남을 중상하고 비방하는 악플을 다는 사람이 있는데, 이런 짓은 사람으로서 가장 저질적인 행위입니다.

성공인은 절대로 그런 행동을 하지 않습니다. 그들은 합리적이기 때문에, 기본적으로 시간과 에너지를 낭비하는 행동은 하지 않습니다.

항상 밝은 미소를 지으며 사소한 일에 얽매이지 않습니다. 또 이미 끝난 일을 가지고 끙끙 앓는 일도 없습니다.

그들은 항상 긍정적인 에너지가 어디에 있는지 찾고 있습니다. 그러므로 그들에게 변명이나 불평을 하더라도 전혀 들어주지 않으며, 위로의 말을 들을 수도 없습니다.

남의 욕을 해서 얻을 수 있는 것은 다소간의 스트레스 해소 정도이며, 그 밖에 달라지는 것은 전혀 없습니다. 성공인에게 '나는 요주의 인물이다'고 스스로 선전하는 것밖에 되지 않는 것입니다.

의식적으로 긍정적이고 밝은 에너지가 넘치는 자신을 만들어 내도록 노력해야 합니다.

❀ 제4장의 포인트

① 구체적인 목표를 설정하고 종이에 쓴다

② 바로 행동하고, 지금 할 수 있는 것에 최선을 다한다

③ 일단 자신의 인맥을 조정해 본다

④ 성공인처럼 행동한다

⑤ 남의 험담을 하지 않는다

For things to change, you have to change.
If you change, things will change.

5

'뜻 있는 일'과 '실패의 반복'이 성공의 지름길

| 비즈니스에서 감수해야 할 리스크와 피해야 할 리스크 |

일을 즐기기 위한 연구

내가 지금까지 만난 성공인들 중에 자기가 하기 싫은 일을 하는 사람은 한 명도 없었습니다. 성공인들은 노는 것은 물론, 일도 자신이 좋아하는 것이 아니면 하지 않습니다.

이렇게 말하면, 다음과 같은 반론이 나올 수도 있을 것입니다.

'일은 일, 노는 것은 노는 것. 일과 노는 것은 절대 공존할 수 없다. 먼저 어느 정도 생활을 할 수 있게 된 후에 인생을 즐겨야 한다.'

그러나 나는 그렇게 생각하지 않습니다. 인생의 시간은 한정되어 있기 때문에, 생각이 나면 하고 싶은 것을 해야 한다고 생각합니다.

일이란 것은 재미있는가 재미없는가, 해 보고 즐거운가 즐겁지 않은가에 따라 선택해도 되지 않을까요? 하기 싫은 일을 참으면서까지 할 필요는 없다고 생각합니다.

만약 지금 당신이 하고 있는 일이 재미없다면, 일을 즐길 수 있도록 노력과 연구를 해 보십시오. 어떤 일이든 생각 여하에 따라 재미있게 즐길 수 있는 것입니다.

그런 노력과 연구를 해 보았음에도 여전히 일을 즐길 수 없다면, 그 일은 당신에게 맞지 않는 거라고 생각합니다. 그럴 때는 즐길 수 있는 다른 일을 찾는 편이 좋을 것입니다.

하고 싶은 일을 방해하는 두 가지 장벽

내가 하고 싶은 일만 하면서 산다. 이것이야말로 최상의 인생일 것입니다.

그러기 위해서는 우선 상식과 체면을 버리고 자신이 생각하는 대로 살아 보기를 권합니다. 이런 생각은 익숙지 않을지도 모르겠지만, 남에게 폐만 끼치지 않는다면 다른 사람이 어떻게 생각하건 상관이 없다고 생각합니다.

내가 사는 내 인생이므로 남의 이런 저런 이야기를 들을 필요는 없는 것입니다.

하고 싶은 일을 하지 않고 산다는 것은 자신을 부정하는 행위입니다. 바꾸어 말하면, 하고 싶은 일을 솔직하게 행동으로 옮기면 자신답게 살아갈 수 있는 것입니다.

하고 싶은 일을 하며 살면 다음 두 가지 효과가 있습니다.

첫째는 '설사 잘 되지 않는다 해도 하고 싶은 걸 하는 거니까 괜찮다'고 생각할 수 있다는 점.

둘째는 '다른 사람들 덕분에 하고 싶은 걸 할 수 있다'는 감사의 마음이 생긴다는 점입니다.

정말로 하고 싶은 일을 하는 사람에게는 지위나 명예가 가져다주는 것과는 다른 여유가 있습니다. 그리고 초조함도 사라집니다.

이 초조함이란 다른 사람과 비교하여 생기는 쓸데없는 감정으로, 때로는 시기심이나 질투심으로 발전합니다.

다른 사람에게 신경 쓰지 않고 자신이 생각하는 대로 사는 것. 그런 최상의 인생을 지향하고 싶다면, 먼저 상식과 체면을 버리는 것부터 시작합시다.

다시 한 번 말하지만, 다른 사람이 어떻게 생각하건 상관없습니다. 중요한 것은 자신이 하루하루를 얼마나 행복하게 사느냐 하는 것입니다.

'악마의 속삭임'을 어떻게 차단할 것인가?

인간이란 나약한 존재여서, 아무리 성공을 위해 노력해도 때로는 '그렇게 고생하지 말고 편히 쉬지 그래.' 하는 식으로, 자신 속에서 들려오는 '악마의 속삭임'에 마음이 흔들리고 마는 경우도 있습니다. 원래 선택해야 할 '천사의 속삭임'이 아니라 '악마의 속삭임'에 이끌리고 맙니다.

이유는 '악마의 속삭임' 쪽이 더 편하기 때문입니다.

'악마의 속삭임'은 항상 당신을 유혹하고 육체적으로 편하게 해 주지만, 반드시 그것이 최선이라고는 할 수 없는 잘못된 선택을 하게 만들려고 합니다.

게다가, 정말로 귀찮기 짝이 없는 이 '악마의 속삭임'을 밖으로 나오지 못하도록 가두어 두려고 해도 좀처럼 가두어 둘 수가 없습니다. 또 지우려고 해도 지워지지 않습니다.

그렇기 때문에 이 '악마의 속삭임'에 농락당하고 싶지 않으면, '악마의 속삭임'이 들려올 때마다 그것을 물리칠 수밖에 다른 도리가 없습니다.

그러기 위해서는 어떻게 하면 될까요?

그것은, 평범한 대답일지 모르겠지만, 인생의 건전한 생각과 진취적인 자세를 기르고 강한 정신력을 배양하는 것입니다. '악마의 속삭임'을 물리칠 수 있는 방법은 그것밖에 없습니다.

실제로 많은 성공인들은 건전한 생각과 진취적인 자세를 배양함으로써 자신을 파멸로 인도하려는 '악마의 속삭임'을 물리치고 있습니다.

이와 같은 생각과 자세는 몸에 익히겠다고 해서 바로 익힐 수 있는 것은 아닙니다. 그러나 평소에 의식을 하고 있을 때와 그렇지 않을 때에는 확실히 많은 차이가 있습니다. 거기에는 다소의 고통이 따릅니다. 하지만, 고통은 당신을 보다 높은 수준으로 끌어올려 줍니다. 편한 길은 일시적으로 고통을 없애 주지만, 문제는 근본적인 해결책이 되지 않는 것입니다.

'안이하게 편한 길을 선택하지 않는다'

이 말을 의식해 두기만 해도 완전히 달라지므로, 마음이 혼란스러워질 때마다 이 말을 떠올리시기 바랍니다.

비상식적인 발상을 하자

어느 시대든 성공이란 것은 상식 밖에 존재합니다. 남들과 똑같이 행동해서는 영원히 성공할 수 없습니다.

성공인들의 발상은 언제나 비상식적입니다.

예를 들면, 켄터키 프라이드 치킨의 창시자인 커널 샌더스 씨는 프라이드 치킨이 아니라 프라이드 치킨의 레시피를 판매함으로써 대성공을 거두었습니다.

상식적으로 레스토랑 입장에서 생각하면 레시피란 밖으로 새 나가서는 안 되는 비밀 중의 비밀입니다. 보통 사람이라면 생명보다 중요한 레시피를 파는 따위의 행동은 감히 생각지도 못할 일일 것입니다.

그러나 그는 소중한 레시피를 파는 비상식적인 발상으로 성공을 거둔 것입니다. 치킨을 팔러 다녔다면 아마 오늘날과 같은 성공은 거두지 못했을 것입니다.

그는 또 보통 사람이라면 벌써 은퇴했을 60이라는 나이에 창업을 하였습니다. 이 활동력과 정신력이야말로 비상식적인 발상의 원동력일 것입니다.

당신은 어떻습니까? 지나치게 상식에 얽매여 있지 않습니까?

성공을 하고 싶다면, 상식의 벽을 깨고 성공인들처럼 남들이 하지 않는(그러면서 남들이 좋아할) 발상을 하도록 노력합시다. 성공은 시대를 불문하고 모두 상식 밖에 존재합니다.

성공은 시대의 반보 앞쪽에 있다고 바꾸어 말할 수 있을 것입니다. 성공인들은 항상 시대의 변화(유행)를 앞서가려고 노력합니다. 그리고 시대의 반보 앞을 예측한 사람은 어느 시대에나 적은 비용과 적은 시간과 적은 노력으로 큰 부자가 되었습니다.

당신 혼자서 세상을 바꿀 수는 없습니다. 그러나 당신이 약간만 바뀐다면 세상의 순풍을 탈 수 있습니다.

시대의 반보 앞을 내다보고 그 바람의 방향에 맞추어 돛을 세

읍시다. 그러면 적은 비용과 적은 시간과 적은 노력으로 큰 성공을 얻을 수 있을 것입니다.

일이라고 다 같은 일이 아니다

미쳤다고밖에 할 수 없는 환경 속에서 점차 가축화되어 가면서 무기력하고 말을 잃어갔던 나의 비참한 월급쟁이 시절에 대한 이야기는 앞서도 했지만, 당시를 떠올려 보면 내가 하던 것은 그저 단순한 '일'에 그치는 것이 아니라 나 자신을 '죽이는 일(死事)'이있다고 생각합니다.

'일(仕事)'이라는 글자는 '누군가를 섬기는 일'이라는 의미입니다. 그야말로 회사나 상사를 섬기는 행위가 '일'인 것입니다. 안타깝게도 대부분의 월급쟁이들은 어쩔 수 없이 이 '섬기는 일'을 해야만 합니다.

영어로는 '일'을 JOB이라고 하는데, 미국 사람들은 우스갯소리로 JOB은 'Just Over Broke'라고 하는데 이는 '파산자보다 조금 낫다'는 의미입니다. 다시 말해, '일'이라는 것은 파산하는 것보다는 나으니까 어쩔 수 없이 하는 것이라고 생각하는 것입니다.

일본에서도 대부분의 월급쟁이들은 이 '섬기는 일'이나 '아무 것도 하지 않는 일(止事)'을 하고 있습니다.

또 자신이 가고 싶지 않은 부서로 이동되어 마음에 들지 않는 상사를 모시게 되면, 어쩔 수 없이 자신을 '죽이는 일(死事)'을 하게 됩니다. 이것은 최악입니다.

실제로 나는 사내의 인간관계나 구조조정이 원인이 되어 우울 증에 걸린 사람을 여러 명 보았습니다. 감정도 패기도 없는, 문자 그대로 '자신을 죽이는 일을 하는 사람들'입니다.

이래서는 생산성이 올라갈 리가 없는데, 많은 기업들이 아직도 사원들에게 '아무것도 하지 않는 일(止事)'이나 자신을 '죽이는 일(死事)'을 시키고 있는 것은 정말 불가사의가 아닐 수 없습니다.

섬기는 '일'이 아니라 즐기는 '개인적인 일'

그러면 성공인들은 과연 어떤 '일'을 하는 걸까요?

하나는 '개인적인 일(私事)'입니다. 다시 말해, 자신을 위해 무언가를 하는 것입니다.

게다가 성공인들은 앞서도 설명했듯이, 자신이 하고 싶은 일이나 자신 있는 일이 아니면 하지 않습니다. 왜냐하면, 무슨 일이든 마지못해 한다면 자신뿐 아니라 주위 사람들까지 불행하게 만든다는 것을 잘 알고 있기 때문입니다.

즐거운 마음으로 일을 하지 않으면 불쑥불쑥 불평불만이 튀어나옵니다. 무슨 일이든 마음속에서 우러나서 하지 않으면 웃음이 나올 수 없습니다. 아무리 억지로 웃음을 지어 봐야 고객들이 금방 눈치를 챕니다.

만약 당신이 고객이라면, 웃음 띤 표정의 상냥한 사람과 불평불만을 늘어놓는 사람 중 어느 사람에게서 물건을 사거나 서비스를 받고 싶으십니까? 남을 위해서가 아니라 자신을 위해서 귀중한 시간을 쓸 줄 아는 사람이 진정한 성공인이라고 할 수 있을 것입니다.

이것을 '자기중심적' 이라고 생각하는 사람이 있을지 모르겠지만, '자기중심적' 이라고 해도 상관없습니다.

자기중심적으로, 자기 하고 싶은 대로 살고 싶기 때문에 열심히 일을 하는 것입니다.

월급쟁이 신분인 이상, 갑자기 그저 단순한 '일' 을 '개인적인 일' 로 바꾸기는 어려울 것입니다. 그러나 주어진 일을 즐기면서 하게 되면 조금씩 '일' 을 '개인적인 일' 로 만들어 갈 수 있지 않을까요?

'개인적인 일'보다 한 단계 높은 '뜻 있는 일'

게다가 높은 곳을 지향한다면 '단순한 일'을 '개인적인 일(私事)'에 그치지 않고 '뜻 있는 일(志事)'의 영역으로까지 끌어올리도록 노력합시다. 성공인들은 자신을 위해서뿐만 아니라, 남에게도 도움이 되겠다는 사명감을 가지고 모든 일에 임합니다.

그러면 그들이 그렇게까지 하는 이유는 무엇일까요? 그들은 남들에게 도움이 되면 될수록, 누군가를 응원하면 할수록 그 당사자로부터는 아니라 해도 반드시 어딘가에서 보답을 받을 수 있다는 것을 알고 있기 때문입니다.

물론 나도 월급쟁이 시절과 회사를 그만둔 후 3년 동안은 내일만 하기에도 빠듯했으므로 남을 위해 '뜻 있는 일'을 하는 것은 도저히 불가능했습니다.

그러나 최근에는 나도 열심히 노력하는 사람을 얼마간 응원할 수 있게 되었습니다. 물론 보답 같은 것은 기대하지 않습니다. 그 결과, 내 주위에는 훌륭한 인맥과 좋은 정보가 모여들게 된 것입니다.

당신도 여유가 생기면 꼭 '뜻 있는 일'에 도전해 보시기 바랍니다.

'일'과 '비즈니스'는 다르다

『부자 아빠 가난한 아빠』의 저자인 로버트 기요사키 씨는 '일'이 아니라 '비즈니스'를 하라고 합니다.

일과 비즈니스는 확실하게 다른데, 많은 사람들은 이 차이에 대해 이해를 하지 못하는 것 같습니다.

앞서도 이야기했지만, 일이란 '누군가를 섬기는 일'입니다.

이에 반해 비즈니스란 자기가 주인이 되어 하는 사업 혹은 장사를 말합니다.

안타깝게도 대부분의 월급쟁이들은 회사나 상사를 섬기는 이 '일(仕事)'을 강요당하고 있습니다. 종업원인 월급쟁이들에게는 제반 경비가 인정되지 않고, 세금도 월급에서 원천징수되어 합법적인 절세마저 할 수 없습니다.

이에 반해 비즈니스 오너는 다양한 수법으로 자신의 수입을 조정할 수 있습니다. 그것은 결코 칭찬받을 만한 일은 아니긴 하지만, 예를 들면 해외출장이라는 명목으로 비즈니스 클래스를 타고 리조트 여행을 만끽하고 긴자의 고급 클럽에서 술을 마셔도 과세 전에 경비로 처리할 수도 있고, 출장비나 접대비로 이익에서 공제하는 등 경우에 따라서는 이렇게 조정하는 일도 가능하다는 것입니다.

샐러리맨으로서는 불공평한 이야기지만, 일본의 사회 시스템 에는 세제 이외에도 많은 모순과 맹점이 숨어 있습니다.

연봉 3,000만 엔을 받는 샐러리맨보다도 1,500만 엔을 버는 자영업자가 실질 가처분소득이 많다는 이상한 현상이 일어나는 것도, 사실은 이러한 부분에 원인이 있는 것입니다.

일본 사회에는 여전히 중산층 의식이 높지만, 요즘 들어 빈부 격차는 분명하고, 또 크게 벌어지고 있습니다. 보이지 않는 곳에 서 점차 차이가 벌어지고 있는 것입니다.

거품경제 시기의 일본 개인 금융자산 총액은 1,200조 엔이었 습니다. 그런데 요즘에는 그 금액이 1,500조 엔으로, 거품경제 시절보다 무려 300조 엔이나 늘어난 것입니다.

포르셰나 페라리와 같은 고급 외제차의 매출은 모두 과거 최 고를 기록하였고, 도심의 1억 엔이 넘는 아파트들이 불티나게 팔리고 있습니다.

1억 엔 이상의 금융자산을 가지고 있는 사람이 124만 명이나 되는 반면, 연봉 300만 엔 이하인 사람들도 급증하고 있습니다.

요즘 일본에서는 '있는 자' 와 '없는 자' 의 양극화가 급속하게 진행되고 있는 것입니다.

'일억 총 중류시대' 라고 하던 중산층의 시대는 이미 완전히 종 언을 고했다고 해도 과언이 아닙니다.

비즈니스 오너의 권고

나는 현재 개인의 독립 지원 컨설턴트로서 카운슬링을 하면서 비즈니스 오너를 테마로 한 강연활동도 하고 있습니다.

여기서 말하는 비즈니스 오너란 월급쟁이를 그만두고 스스로 주인이 되는 것을 말하지만, 단순히 회사를 창업하여 경영자가 되는 것을 말하는 것은 아닙니다. 문자 그대로 '비즈니스'의 주인이 되어, 자신이 시간을 투자해서 일하는 것이 아니라 비즈니스가 자동적으로 돌아가는 시스템을 만들고 그 오너가 되는 것을 말합니다.

일본에서는 월급쟁이 신분인 이상에는 경제적인 성공을 기대하기가 어렵습니다.

매일 콩나물시루 같은 지하철에 시달리면서 40년 동안 상장회사에서 일해도 평생 임금은 많아야 3억 엔 정도입니다.

설사 열심히 노력하고 출세를 하여 사장이 되었다고 해도, 사장의 연봉은 3,000만 엔에서 4,000만 엔 정도. 실 수령액으로 계산하면 1,500만 엔에서 2,000만 엔 정도입니다.

이래서는 1억 엔 이상의 금융자산을 갖는다는 것은 대단히 어렵다고 할 수 있을 것입니다.

그래서 나는 경제적으로도 성공하고자 하는 사람에게는 '월급쟁이를 그만두고 비즈니스 오너가 되라' 고 충고합니다.

그러나 비즈니스 오너가 되기는 쉽지만, 그 마음가짐이 샐러리맨과는 차원이 달라야 하므로 각오를 단단히 해야 합니다. 구체적으로는 현재의 자신의 간판을 깨끗이 버리고 자신이라는 개인 이름으로 승부할 수 있느냐 하는 것입니다.

○○물산, ○○은행의 아무개라는 사람은 설사 아무리 큰 상담을 하더라도 그것은 어차피 대기업의 일원으로서 움직이고 있는 것입니다. 그것은 대기업의 한 직원으로 일을 하고 있을 뿐이며, 그 직함이 사라지는 순간 당신은 '그저 한 사람의 인간' 에 지나지 않습니다.

상담 상대는 대기업의 한 담당자와 일을 하고 있는 것이며, 결코 개인의 당신과 일을 하는 것이 아닙니다. 당신이 그저 평범한 인간이 된다면, 당연히 상대방은 당신을 예전처럼 상대해 주지 않을 것입니다.

과거의 영광을 버릴 수 있는가?

자신의 과거를 버릴 수 있느냐 여부도 중요한 포인트입니다.

사람은 과거의 영광이 크면 클수록 옛 시절을 그리워하는 법입니다. 그리고 시대가 변화하고 있음에도 스스로 변화하지 못하는 사람이 많습니다.

샐러리맨 시절의 영광은 절대 자신의 힘이 아니라 조직의 힘으로 얻은 것입니다.

이것을 오해하면 안 되는데, 안타깝지만 아직도 그걸 이해하지 못하는 사람이 많습니다. 그런 사람들은 자기가 똑똑해서 큰 계약을 따낸 것으로 착각하고 있습니다.

그리고 이런 사람일수록 독립한 후에 엄연한 현실을 깨닫고 실망에 빠지고 맙니다.

또 비즈니스 오너와 비슷한 직종으로 자영업이 있는데, 자영업자는 모든 것을 자신이 직접 해야 하므로 시간이 없다는 점에서 크게 다릅니다.

대부분의 사람들은 다른 사람을 신용하지 못하기 때문에 모든 일을 직접 하려고 합니다.

그러나 일은 자기가 모두 맡아 해서는 안 되고, 능력 있는 사람에게 권한을 위임할 수 있는 것은 위임해야 합니다.

많은 사람들이 사실은 자신이 하지 않아도 되는 일까지 자신이 끌어안고 시간에 쫓기고 있습니다. 이것은 아주 어리석은 일입니다.

일을 다른 사람에게 잘 분배할 수 있느냐는 대단히 중요한 기술입니다. 그렇게 함으로써 인생에서 가장 소중한 시간이라는 자원을 창조할 수 있기 때문입니다.

학교 성적이 우수한 사람이 빠지기 쉬운 덫

우리가 지금까지 받아 온 대부분의 학교교육은 우수한 종업원을 양성하기 위한 것입니다. 그것은 우리 교육 시스템이 우수한 '종업원'을 키우는 것에 중점을 두고 있기 때문입니다.

학교교육의 대부분이 '잘못이나 실패를 해서는 안 된다'거나 '남보다 성적이 우수해야 훌륭하다'는 식의 가치관을 바탕으로 하고 있습니다.

학교에서는 일반적으로 성적이 우수한 학생이 훌륭하다는 가치관이 존재하며, 그것이 무의식 중에 경쟁의식을 키우고 있습니다. 그 증거로, 당신이 다니던 학교에서도 학급위원이나 학생회장은 대체로 반에서 가장 성적이 우수한 학생이 맡지 않았습니까?

학교에서나 기업에서나 모두 내가 좋은 결과를 내지 못하면 평가를 받지 못합니다. 이런 생각이 결국에는 '내가 뭐든지 잘할 수 있어야 된다'는 생각으로 발전합니다. 게다가 실패를 해서는 안 된다는 의식도 박혀 있기 때문에 자신의 생각을 버리고 위에서 내려오는 명령에 순종하기만 하는 인간이 되고, 그러다 보면 남에게 고용되어 있는 '유순한 가축' 이 되어 가는 것입니다.

물론, 주어진 일만 하는 것이 편하므로 스스로 '유순한 가축' 이 되기를 스스로 바라는 사람도 있습니다. 그것은 그 사람의 가치관이므로 특별히 나쁘다고 할 수 없으며, 그것을 부정할 생각도 없습니다.

그러나 비즈니스 오너는 어떤 의미에서 다른 사람에게 일을 시킴으로써 성립되는 것입니다.

『유대인 대부호의 가르침』 등의 저자 혼다 켄(本田健) 씨는 '내가 나를 위해 일하는 것과 다른 사람이 나를 위해 일하는 것의 큰 차이는 다른 사람을 진심으로 믿을 수 있느냐에 있다' 고 합니다.

아주 흥미로운 생각인 것 같습니다.

종업원은 자신이 스스로 일하지 않으면 안 되므로, 자신의 능력, 재능, 노력에 의지하지 않으면 안 됩니다. 항상 '내가 무슨 일이든 직접 해야 한다' 는 부하(負荷)가 걸려 있으며, 중압감도 무겁게 짓누르고 있습니다. 그리고 생각했던 결과가 나오지 않으면, 주위의 평가가 신경 쓰이고 자기혐오에 빠지게 됩니다.

이래서는 종업원들 마음속에 '다른 사람을 믿고 다른 사람에게 위임한다' 는 감성이 싹트지 않는 것은 당연합니다.

비즈니스 파트너의 필요성

만약 당신이 비즈니스 오너로 성공하고자 한다면, 꼭 종업원을 많이 고용할 필요는 없으며 사무실은 자택을 이용해도 됩니다.

그러나 우수한 비즈니스 파트너와 컨설턴트는 반드시 필요합니다.

역사상 대부분의 성공인들은 인생의 전환점에서 필연적으로 중요한 역할을 해 줄 사람을 만났습니다. 그리고 실제로 한 인물과 만나면서 인생이 극적으로 바뀌는 경우가 적지 않습니다.

『금시력(金時力)』의 저자이자 나의 맹우(猛友)인 다부치 히로야(田渕裕哉)가 바로 그런 사람입니다.

다부치 씨와는 나이도 같고, 서로 외국생활도 오래 했으며, 살던 곳도 똑같이 미국의 대도시(뉴욕과 로스앤젤레스)라는 공통점이 있습니다. 생각이나 사물을 보는 법도 완전히 똑같아 처음 만났을 때부터 의기가 투합하여, 요즘에는 비즈니스뿐만 아니라 개인적으로도 좋은 친구이자 멘토이기도 합니다.

아직도 둘이서 함께 비즈니스 오너와 독립 지원을 테마로 한 합동 세미나도 개최하고 있습니다. 또 각자 회원제 비즈니스를 전개하고 있기 때문에, 회원끼리의 교류도 활발하게 진행되고 있습니다.

이와 같이, 자신과 같은 가치관을 공유할 수 있고, 또 자신과는 다른 기술, 지식, 경험을 가진 파트너는 비즈니스를 하는 데있어 대단히 중요한 존재입니다.

당신도 꼭 인생의 맹우를 찾아보십시오.

또 나는 모든 부문에서 전임 컨설턴트와 계약을 맺고 아웃소싱을 하고 있습니다.

사실 나는 지독한 컴맹이라서, 컴퓨터에 관한 한 메일을 써서보내는 정도밖에 하지 못합니다. 인터넷 마케팅도 공부는 하고있지만, 당연히 전문가 수준에는 미치지 못합니다. 그래서 홈페이지의 세일즈 레터도 당연히 전문가를 시켜서 작성하고 있으며, 판매 전략도 함께 짜고 있습니다.

또 우수한 회계사와 고문 계약을 체결하여, 장부 관리에서부터 결산 업무는 물론 그 밖에 회계처리상의 세밀한 경영 조언도받고 있습니다. 당연히 매월 그에 따른 비용은 발생하지만, 그들은 아주 우수하여 훌륭하게 일을 처리해 주므로 이런 경비를 아깝다고 생각하지 않습니다.

사무직원을 풀타임으로 고용하기보다는, 비용은 다소 비싸겠지만 그 방면에서 뛰어난 전문가에게 맡기는 편이 효율적이라고생각합니다.

즉, 서로 오랫동안 고생해서 배운 지식과 경험을 공유하여 돈을 번다는 개념입니다.

특히 회계사는, 나는 여러 회계사 분들과 면담한 가운데 다행히도 젊고 우수한 분과 계약을 할 수 있었습니다. 이 부분은 대단히 중요한 포인트이므로 주저하지 말고 많은 분들을 만나 면담한 후에 신중하게 결정할 것을 권합니다.

또 내 세미나를 수록한 CD 교재 등의 상품 발송은 외부업자에게 위탁하고 있습니다.

이렇게 함으로써 시간을 크게 절약할 수 있고, 나는 경험과 지식과 능력을 활용할 수 있는 부문과 돈을 벌 수 있는 전문 분야에 집중할 수 있는 것입니다.

WIN&WIN의 발상으로 얻을 수 있는 것

비즈니스 오너로서 다른 사람에게 일을 맡기는 경우, 항상 생각해야 할 것이 있습니다. 그것은 어떻게 하면 다른 사람으로 하여금 기분 좋게 일을 할 수 있게 해 주느냐 하는 점입니다.

일을 훌륭하게 하도록 하기 위해서는 다른 사람으로 하여금 최상의 상태에서 기쁨과 행복을 느끼면서 일을 하게 하는 것이 중요합니다.

비즈니스 오너는 다른 사람이 자신을 위해 노력해 준 멋진 결과를 있는 그대로 기뻐합니다. 그리고 상대방을 칭찬해 주고 항상 고맙다는 감사의 마음을 말로 표현하여 전달합니다.

비즈니스 오너의 이와 같은 행동은 누구한테나 똑같습니다. 그 멋진 결과가 설사 자신과는 아무런 관계도 없다 하더라도 다른 사람의 성공과 행복을 자신의 일처럼 기뻐하는 것입니다.

하지만, 종업원으로 일하는 사람들은 다른 사람의 성공이나 행복을 있는 그대로 기뻐해 주기는 어려울 것입니다. 그 사람이 자신의 동료라면 더욱 그럴 것입니다.

이유는 자신이 결과를 내지 않으면 안 되는 세계이므로, 다른 사람이 잘 되면 자신의 경쟁상대가 되고 경쟁자로서 위협을 느끼게 되기 때문입니다.

그렇게 되면 자연히 상대방의 실패를 바라게 되고, 진심으로 남을 응원하거나 감사할 수 없게 됩니다.

더구나 항상 결과가 요구되는 종업원의 입장이라면, 우수한 사람을 보았을 때 질투와 복수와 같은 감정이 솟구칠 수도 있을 것입니다.

'경쟁'이라는 한 링에 오르게 되면, 다른 사람이 우수하다는 사실을 솔직하게 인정하기 어려워집니다. 또 종업원의 신분인 이상 '고마움을 표현하는 행위'도 상당히 하기 이럽다고 할 수 있습니다.

경쟁의 세계에서는 자신과 남과의 관계는 'WIN or LOSE' 이며, 결코 'WIN&WIN'의 관계가 될 수는 없을 것입니다.

그러나 비즈니스 오너는 그런 생각을 떨쳐버릴 수 있습니다.

항상 'WIN&WIN'의 관계에서 사물을 생각할 수 있습니다. 자신이 이기는 것 이상으로 상대방이 이기는 것을 생각해 준다면, 언젠가는 자신도 반드시 이길 수 있을 것입니다. 정확히 말하자면, 주위의 도움 덕분에 이길 수 있다거나 아니면 필연적으로 이길 수밖에 없다는 표현이 옳을 것입니다.

그렇기 때문에 돈을 잘 버는 비즈니스 오너는 항상 어떻게 하면 상대방을 이기게 할 수 있을까를 생각합니다.

이와 같이, 다른 사람의 성공을 자신의 일처럼 기뻐하고, 또 솔직하게 감사하는 마음을 전달할 수 있느냐가 종업원과 비즈니스 오너의 차이라고 할 수 있을 것입니다.

만약 당신이 월급쟁이를 그만두고 비즈니스 오너가 될 생각이라면, 회사를 그만두기 전에 먼저 이와 같은 의식 개혁을 해 두기를 권합니다.

무욕 만 냥, 봉사 억 냥

앞서도 설명했듯이, 나는 현재 내가 직접 실증한 고효율적인 투자기법을 전수하는 'FX 투자 개별지도 프로그램'과, 코칭과는 다른 관점에서 성공으로 이끌어 주는 '멘토 프로그램', 그리고 미국의 억만장자들에게서 배운 백만장자의 정신자세를 음성으로 소개하는 업계 최초의 온라인 스쿨 '밀리어네어 칼리지'라는 세 개의 회원제 프로그램을 운영하고 있습니다. 여기서 내가 가장 신경 쓰고 있는 것은, 회원 여러분에게 제공하는 상품이나 서비스는 모두 회원들이 납부한 가격 이상의 가치를 제공할 수 있도록 노력하고 있다는 점입니다.

나는 다른 사람을 이기게 한다면 최종적으로는 반드시 나도 이길 수 있다고 믿어 의심치 않습니다.

WIN&WIN의 정신을 마음속에 새겨 두고 있으면 반드시 사업운도 좋아진다는 것을 내 경험상 자신 있게 말씀드릴 수 있습니다.

그러므로 광고나 선전은 거의 하지 않고, 선전이나 광고에 쓸 에너지와 시간을 회원들의 이익을 위해 최대한 사용하여, 어떻게 하면 회원들이 이익을 낼 수 있을까에 대해 항상 생각하고 있습니다.

실제로, 내 시간의 80% 이상은 회원들의 실적 향상을 위해 할 애하고 있으며, 어떻게 하면 회원들이 성공할 수 있을까에 대해 항상 방법을 모색하고 있습니다.

그 결과, 다행히도 지금까지는 회원들의 입소문을 통해 많은 고객들을 확보하고 있습니다.

여기서 인생을 행복하게 살 수 있는 조그만 비결을 가르쳐 드리겠습니다. 그것은 누군가로부터 무언가를 부탁 받으면, 앞장서서 기꺼이 해 주는 것입니다. 그것도 곧바로 해 주어야 합니다.

나는 이런 생각을 실천해 오면서 인생에서 얼마나 이득을 보았는지 모릅니다. 이 '곧바로 해 주는 것'이 아주 중요합니다.

만약 누군가로부터 '이런 사람을 소개해 주실 수 없습니까?' 하는 부탁을 받으면, 나는 바로 그 자리에서 '그럼 지금 ○○에게 전화해 볼게요.' 하고 대응합니다. 이것이 중요한 것입니다.

또 나는 무언가 10을 부탁 받으면 15나 20을 해 주려고 노력하고 있습니다.(웃음)

예를 들어 다른 사람의 출판기념회에 초대를 받는다면, 어차피 갈 거 총무 일까지 맡겠다고 제안합니다. 예전에도 나는 많은 분들의 출판기념회 일을 도와왔습니다. 확실히 번거롭기는 하지만, 상대방은 절대적으로 기뻐하고 기억해 주니까, 다음에 내가 무언가 도움을 청하면 흔쾌히 응낙을 받을 수 있는 것입니다.

나는 '성공의 크기는 다른 사람에게 베푼 행복의 크기와 같다'

고 생각합니다.

그렇기 때문에 당신도 먼저 자신이 하고 있는 일이나, 하려고 하는 일을 즐기시기를 바라는 것입니다. 그리고 그 일을 통해 자신의 이익뿐만 아니라 다른 사람을 위해 봉사하는 마음을 가진다. 이것이 바로 '뜻 있는 일(志事)'을 향한 첫걸음인 것입니다.

그러면 분명 그 안에서 진정한 풍요로움이 싹틀 것입니다.

'뜻 있는 일'이란 어떤 의미에서는 '무욕 만 냥(無欲万兩)'으로, 상대방에게 나누어 주는 것이기도 합니다.

여러분은 '저축 십 냥', '장사 백 냥', '포기 천 냥'이라는 말을 들어 보셨습니까? '저축 십 냥', '장사 백 냥'은 문자 그대로의 의미이며, '포기 천 냥'이란 아니다 싶으면 바로 물러나는 용기와 결단력의 중요성을 가르쳐 주는 말입니다.

그 다음에는 '무욕 만 냥'이 이어집니다. 무욕이 얼마나 큰 보답으로 돌아오느냐는 좀처럼 실감할 수 없지만, 성공인들은 한결같이 그 중요성을 역설합니다.

또 그 다음에 따르는 것이 '봉사 억 냥(奉仕億兩)'입니다. 단순히 자원봉사 정신이 중요하다는 것이 아니라, 봉사를 계속해 감으로써 당신의 협찬자와 응원단이 증가하고 '인력의 레버리지(지레의 원리)'가 작용하여, 자기 혼자서는 절대 이룰 수 없는 커다란 성공에 도달할 수 있다는 뜻입니다.

만약 당신이 진정으로 '뜻 있는 일(志事)'을 하고자 한다면, 이

'봉사 억 냥'이라는 말의 의미를 반드시 되새겨보기 바랍니다.

시대의 작은 변화에도 민감하라

인터넷 거품 시절에 20만 엔이나 하던 모 IT기업의 주가가 그 후 무려 1,000엔 이하로 폭락한 적이 있습니다. 원래 1,000엔 이하의 가치밖에 없었으므로 다시 제자리를 찾은 셈이지만, 사람들 중에는 20만 엔에 주식을 팔아 거금을 번 사람도 있습니다.

골프 회원권의 경우도 예전에는 1억 엔이던 것이 100만 엔 이하로 떨어지는 경우도 있으며, 부동산도 마찬가지입니다.

똑같은 물건이라도 이렇게 가치의 변화가 심한데, 사실은 어느 시대에나 여기에 기회가 있는 것입니다.

시대는 시시각각으로 변화하고 있습니다. 거기에 맞추어 물건이나 정보의 가치도 끊임없이 변화합니다. 따라서 항상 안테나를 높이 세워 놓고 변화를 남보다 먼저 감지하는 것이 중요합니다.

성공인들은 끊임없이 시대의 앞을 내다보는 습관을 가지고 있습니다.

예를 들면, 내가 예전에 성공했던 사업을 지금부터 열심히 노력한다 해도 아마 뜻대로 잘 되지는 않을 것입니다. 왜냐하면,

시대가 변했기 때문입니다.

당시에는 아무도 알지 못했던 새로운 정보가 지금은 누구나 알고 있는 상식이 되어 버렸기 때문입니다. 남들은 알지 못하니까 그걸 알고 싶어서 '정보'를 사는 것이지, 그 정보가 '상식' 수준이어서는 아무리 노력해도 미안하지만 돈을 벌 수 없습니다.

시대의 변화를 기민하게 감지하는 것은 아주 중요합니다.

상식의 시장에는 많은 동업자가 우글거리며 서로간의 경쟁도 치열합니다.

당신은 그런 시장의 경쟁에 끼어들고 싶으십니까?

나라면 그런 곳엔 끼어들지 않겠습니다. 훨씬 쉽게 이길 수 있는 시장이 있다면, 그 쪽에 끼어들겠습니다. 이상적인 것은 '싸우시 않고 이길 수 있는 편에서 승부하는 것'이기 때문입니다.

성공의 포인트는 항상 순풍이 부는 방향으로 돛을 세우는 것입니다.

어느 시대에나, 설사 아무리 불황이라 해도 찾아보면 순풍이 부는 업계는 반드시 있습니다. 그런 곳을 필사적으로 찾아내야 합니다. 그리고 그곳에 정확하게 에너지를 집중한다면, 적은 노력으로 성공할 가능성이 높습니다.

성공인들은 항상 어떻게 하면 적은 시간과 적은 에너지로 최대의 성과를 얻을 수 있을까를 생각하고, 지혜를 모으고 있습니다. 그렇기 때문에 성공할 수 있었던 것입니다.

또 어떤 비즈니스든 영원히 성장할 수는 없습니다. 사업이 잘 될 때 특히 경계를 해야 하고, '이런 호시절은 오래 가지 않는 다'는 사실을 명심하십시오.

그리고 사업이 잘 된다고 해서 흥청망청 낭비하지 말고, 다음 기회에 기민하게 대응할 수 있도록 대비해야 합니다.

적은 시간과 적은 에너지로 이익을 얻을 수 있는 사업 쪽으로 전환해 나가는 것이 중요한 포인트입니다.

풍요로움은 얼마든지 얻을 수 있다

세상에 풍요로움은 무한정으로 있습니다. 꼭 남에게서 빼앗지 않아도 얼마든지 스스로 창조하여 얻을 수 있습니다. 남에게서 빼앗아야만 얻을 수 있다고 생각하는 사람이 너무 많은 것이 안 타깝습니다.

그러니 여러분은 죄악감 같은 것을 느끼지 말고 부지런히 풍 요로움을 찾아 나서라는 것입니다.

하지만, 한 가지 주의해야 할 것이 있습니다.

그것은, 진짜 성공담은 언제나 부자들끼리 주고받고 있다는 것입니다. 부유층에게는 반드시 부유층끼리만 알고 있는 정보가 있으며, 그곳에는 일반인들이 끼어들 여지가 없습니다. 그리고 안타깝게도 불리한 것은 언제나 일반 서민들인 것입니다.

그렇기 때문에, 힘을 키우고 지혜를 모아 부의 집단에 들어갈 수 있도록 그 수준까지 자신의 힘으로 올라가는 수밖에 없습니다. 자력으로 그 지위까지 올라가, 그런 사람들의 무리에 끼는 수밖에 없는 것입니다.

아무런 노력도 하지 않고 누군가가 도와줄 거라고 생각한다면 큰 오산입니다.

그 무대에 오를 때까지는 스스로 노력하는 수밖에 없습니다. 그러기 위해서라도 우선은 다른 사람에게 도움이 되도록 적극적으로 행동합시다. 그렇게 하다 보면, 점차 당신의 팬이 생길 것입니다.

그 팬의 수가 늘어나면 늘어날수록, 당신이 성공할 수 있는 확률이 높아지는 것입니다.

말이 당신의 부를 좌우한다

'세상 일이 참 뜻대로 되지 않는군.' 하고 고민하는 사람도 많을 것입니다. 그러나 '뜻대로 되지 않는군' 하고 생각한 순간부터 이상하게도 정말로 그렇게 되니까 절대 조심해야 합니다.

생각은 바로 현실화되기 때문입니다. 이것은 진실입니다.

그렇습니다. 긍정적이건 부정적이건 생각은 바로 현실로 나타납니다.

나쁜 일도 강하게 이미지화하면 실현되는 것입니다. 그러므로 항상 진취적으로 생각을 해야 합니다.

나는 평소부터 '훌륭하다' 거나 '멋지다' 거나 '고맙다' 와 같이, 상대방이 기분 좋아할 말을 의도적으로 사용하려고 노력하고 있습니다.

긴자 마루칸의 창업자이자 유명한 억만장자 사이토 히토리(齋藤一人) 씨도 말했지만, 성공인과 그렇지 않은 사람은 평소 사용하는 말이 다르다고 합니다.

구체적으로는, 성공인은 평소에 '나는 운이 좋다' 거나 '여러분이 도와주신 덕분입니다' 와 같이 감사하는 표현을 많이 쓰고 있는데 반해, 그렇지 못한 사람은 '왜 이리 나는 운도 없는지.' 혹은 '~만 있다면 이렇지는 않을 텐데', '왜 나만 ~는 거야.' 하는 식으로 비관적인 표현을 많이 쓴다고 합니다.

이것은 단순히 우연만은 아닙니다. 이러한 말은 무의식적으로 튀어 나오는 것인데, 일단 내뱉은 말은 뇌로 피드백 되어 잠재의식에 입력됩니다.

따라서 대뇌생리학적으로 보더라도 '평소에 부정적인 말을 쓰기 때문에 그런 결과가 나왔다' 고 할 수 있습니다.

다시 말해, 일이 잘 되어 나가는 사람은 그렇게 되게 하기 위한 말을 많이 썼기 때문에 그렇게 되었다는 것입니다.

그렇지 못한 사람은 지금 실제로 일이 잘 되지 않기 때문에 비판적인 표현을 쓰는 것이 아닙니다. 평소에 무의식적으로 비판적인 표현을 쓰기 때문에, 결과적으로 일이 잘 되지 않게 되는 것입니다.

결론적으로, 감사하는 표현을 많이 쓰면 설사 지금은 일이 잘 풀리지 않더라도 언젠가는 순풍을 타기 시작할 때가 반드시 찾아옵니다.

일이 잘 풀리지 않을 때는 비판적인 표현을 많이 쓰기 쉬운데, 그럴 때 얼마나 감사하는 표현을 쓸 수 있느냐기 성공할 수 있는 중요한 포인트라고 할 수 있습니다.

평소부터 의식적으로 감사하는 표현을 쓰는 습관을 익히기를 권합니다.

실패는 반드시 경험해 보아야 한다

세상에는 실패를 두려워하여 행동하지 않는 사람이 있습니다.

그런 사람을 볼 때마다 나는 안타깝다는 생각이 듭니다.

나는 지금까지 헤아릴 수 없을 정도로 많은 실패를 경험해 왔습니다. 그러나 동시에 거기서 많은 것을 배웠습니다. 이런 것은 실패를 하지 않았더라면 절대 배우지 못한 것으로, 어떤 의미에서는 실패한 것에 고마워할 정도입니다.

중요한 것은 두 번 다시 같은 잘못을 반복하지 않는 것이며, 실패 자체는 결코 나쁜 것이 아닙니다. 오히려 잘못된 방법을 발견했다고 긍정적으로 받아들여야 합니다.

내 주위의 성공인들도 실패를 긍정적으로 받아들이고, 오히려 학습을 위해 일부러 작은 실수를 저지르는 사람조차 있을 정도입니다.

만약 당신의 주위에 자랑스럽게 '나는 지금까지 실패나 좌절을 한 번도 경험해 보지 않았습니다.' 하고 자랑스럽게 말하는 사람이 있다면, 그런 사람을 신용해서는 안 됩니다.

그것은 단지 도전할 용기가 없었다는 것과 똑같은 의미이기 때문입니다.

잠시 이야기가 벗어났지만, 도대체 '실패'란 무엇일까요?

일반적으로는 일이 뜻대로 되지 않는 것의 총칭으로 사용되지만, 그 근저에는 '창피하다'고 하는 부정과 거절 등의 부정적인 감정이 깔려 있습니다. 따라서, 만약 당신이 이 '창피하다'는 감정을 버릴 수만 있다면, 실패를 두려워하지 않고 좀 더 부담 없이 도전할 수 있지 않을까 생각합니다.

이 '창피하다'는 감정은 '내가 어떻게 생각하는가?'가 아니라 '남이 나를 어떻게 생각할까?' 하는 식으로 남과 비교함으로써 생겨나는 것입니다.

일본인은 자칫 남의 눈에 신경을 쓰는 버릇이 있는데, '남이 어떻게 생각하건 상관없다'는 신념만 있다면 실패도 두렵지 않게 될 것입니다.

성공인이 되기 위해서라도 이 신념을 굳게 갖고 살아가야 합니다.

실패를 활용할 줄 아는 사람들의 공통점

데일 카네기는 '만약 스스로 잘못했다고 솔직히 인정하는 용기가 있다면 재난을 복으로 바꿀 수 있다'는 말을 남겼습니다.

골프의 신성 바비 존스도 '사람은 진 게임에서 교훈을 얻는 법이다. 나는 이긴 게임에서는 아직 아무 것도 얻은 게 없다'고 말했습니다.

격투기 선수도 패배를 모르면 진정으로 강해질 수 없다고 합니다. 투자의 경우도, 손해를 본 적이 없는 사람은 장기적으로 보았을 때 계속 이익을 낼 수 없습니다. 왜냐하면, 이긴 게임보다 진 게임에서 얻는 것이 많기 때문입니다.

패배나 실패를 하게 되면 그 당시에는 누구나 괴롭고 분한 생각이 들기 마련입니다.

그러나 진 것에 대하여 '어째서 내가 진 것일까?' 하고 냉정하게 패인을 분석할 수 있다면, 그것은 나중에 커다란 발전으로 이어집니다.

사람은 잘못을 저질렀을 때나 실패했을 때 '내 탓이 아니다'거나 '잘못한 것도 없는데 왜 이렇게 됐는지 모르겠네.' 하는 식으로 남에게 책임을 전가하기 쉽습니다.

그러나 나쁜 결과가 나왔을 때 '내가 무엇을 잘못했는가?' 에 대하여 진지하게 생각하고 그것을 솔직하게 인정하여 개선할 수 있느냐가 성공의 분수령이 된다고 생각합니다. 다시 말해, 중요한 것은 실패를 기회로 생각하고 거기서 다음의 성공을 이끌어 내려고 노력하느냐 여부입니다.

하지만, 대부분의 사람들은 반대로 실패하면 괴로운 심정에 그걸 외면해 버립니다. 그래서는 아무 것도 배울 수 없습니다.

나쁜 결과를 받아들이고 잘못을 솔직하게 인정할 수만 있다면, 실패를 성공으로 이끌어 갈 수 있을 것입니다.

서양의 창업가 대상 세미나에서는 이른 시기에 실패해 볼 것을 적극적으로 권장하고 있을 정도입니다.

실패는 '해서는 안 될' 행동을 배울 수 있는 귀중한 기회를 주며, 사람은 실패를 통해서만 배울 수 있기 때문입니다.

따라서 우리 주위에 다른 사람의 실패에서 배울 기회가 좀 더 많다면, 보다 많은 사람들을 인생의 재난으로부터 구해 낼 수 있을 것입니다.

그런 의미에서는, 일본의 경우 성공 세미나는 많지만 실패를 위한 세미나가 없다는 것은 무척 아쉬운 부분입니다.

실패하지 않았더라면 알 수 없었던 진실

물론 실패를 회피하는 삶도 있을 수 있으며, 이쪽을 선택하는 것은 자유입니다.

리스크가 있는 도전을 피하고 안전한 선택만을 한다면 분명 실패는 하지 않을 것입니다. 사실, 남에게 고용되어 있는 대부분의 사람들은 이쪽을 선택하고 있습니다.

조그만 리스크를 감수한다면 몇 배나 되는 성과를 얻을 수 있음에도 많은 사람들은 실패를 두려워한 나머지 안전한 선택을 하고 있습니다.

설사 실패했다 하더라도 그 실패가 엄청난 손실을 가져오는 것도 아닌데, 약간의 리스크도 감수하려 하지 않는 사람이 너무 많은 것은 아주 이상한 일입니다.

오해가 없도록 말해 두자면, 나는 무슨 일이 있어도 실패를 해야 한다고 하는 것은 아닙니다.

전 재산을 잃을 정도의 실패는 치명적이기 때문에, 절대로 해서는 안 됩니다. 그러나 설사 일이 잘 되지 않더라도 찰과상 정도로 끝나는 수준의 실패라면 도전해 보아야 한다는 것입니다.

실패를 해 봐야 비로소 알 수 있는 것이 많습니다.

실패를 하지 않았더라면 알 수 없었던 진실도 많습니다.

역사상의 위인들은 모두 '그때 그 실패가 있었기 때문에 오늘의 성공이 있다'고 합니다. 이 말에는 인생을 성공으로 이끄는 중요한 힌트가 숨겨져 있습니다.

자랑은 아니지만, 돌이켜 보면 내 인생도 실패의 연속이었습니다.

그러나 하나하나의 실패에서 많은 것을 배웠고, 다음 기회에는 같은 잘못을 하지 않도록 노력했습니다.

중요한 것은, 어디에 문제가 있었는지를 검증해 보는 것입니다.

실패하고 싶지 않다는 생각이 강할수록 오히려 일이 잘 풀리지 않는 경우가 많은 것 같습니다.

실패를 두려워하는 마음을 없애기 위해서는 우선 조금씩 작은 모험을 해 보아야 합니다.

작은 성공이 쌓임으로써 보다 큰 자신감이 생기고, 그렇게 하면서 마침내 성공의 궤도로 들어가는 것입니다.

실패는 최고의 학습장이며 위대한 재산입니다! 좌절이 많으면 많을수록 자신의 재산은 늘어 갑니다. 실패는 성공을 위해 필수적인 과정이며, 어떤 의미에서는 훈장이라고도 할 수 있습니다.

실패를 두려워하지 말고 무슨 일에든 도전하는 용기를 가져야 합니다.

어쨌든 우선은 행동으로 옮겨야 합니다. 행동해서 얻어지는 결과는 단 두 가지밖에 없습니다. 하나는 성공이고, 또 하나는 실패입니다.

만약 성공하면? 그런 식으로 앞으로도 계속해 나가면 됩니다.

만약 실패하면? 그 실패에서 무언가를 배우고 다른 방법으로 다시 시도해 보면 되는 것입니다.

그게 전부입니다. 정말이지, 그게 전부입니다.

인간은 도전과 실패를 통해서만 성장할 수 있습니다.

일단 결심이 서면 실패를 두려워하지 말고 즉시 행동으로 옮기는 것. 그것이 아주 중요합니다.

나의 쓰라린 경험

여기서 나의 최근 실패 경험을 이야기해 드리겠습니다.

나는 2005년에 주가가 폭발적으로 오르고 있는 최악의 시점에서 공매도를 하여, 그냥 놔 두면 누구나 이익을 남겼을 간단한 시세였음에도 불구하고 거꾸로 3,000만 엔이나 손해를 본 쓰라린 경험을 한 적이 있습니다.

계기는, 시가로 50억 엔의 자산을 키운(키웠다는) 전문가를 만나고부터입니다.

나도 주식투자 경력이 20년으로 종합적으로는 재미를 보았으므로, 시세에 관해서는 어느 정도 자신이 있었습니다.

그러나 내 주변에 주식으로 이 정도 돈을 번 사람이 없었으므로, 나도 이 전문가처럼 되고 싶다는 생각에 가깝게 어울렸던 것입니다.

그러던 어느 날, 이 전문가가 내게 이런 말을 했습니다.

"도리이 씨, 나랑 도요타 주식으로 공매 한번 합시다."

나는 순간, '뭐라고!? 농담이겠지!!' 하고 생각하며 귀를 의심했습니다.

도요타는 세계에서 가장 많은 수익을 내고 있는 회사입니다. 경상이익이 2조 엔이나 되는 회사의 주식을 공매하다니… 게다가, 그 당시의 주가는 결코 비싸다고는 할 수 없는 수준이었습니다. 내 상식으로는 절대 이래서는 안 된다고 생각했습니다.

그렇지만, 전문가가 하는 말입니다. 망설인 끝에 나는 그 전문가의 말을 믿고 따르기로 했습니다.

그러나 전문가의 예상과는 달리 주가는 계속해서 올라갔습니다.

나는 불안해져서 그 전문가에게 몇 번이나 전화를 했지만, 그는 괜찮다며 걱정 말라고 했습니다.

주가는 점점 더 올라갔습니다.

불안해진 나는 그 후에도 몇 번 그 사람에게 전화를 했지만, 얼마 후에는 전화도 받지 않았습니다.

그리고 어렵게 전화가 연결되있을 때 그가 한 말을 나는 평생 잊지 못합니다.

"도리이 씨, 아직도 그 공매 주식을 그대로 가지고 있었어요!? 나는 진작에 손해를 감수하고 팔아치웠지. 지금은 이것저것 사들이고 있는 중이에요. 계속 더 오를 테니까 빨리 처분하세요."

나는 머리끝까지 치미는 감정을 억누르고, "그렇습니까?" 하고 전화를 끊었습니다. 결국 이것이 그 사람과의 마지막 대화가 되었고, 이후 그 사람한테서는 한 번도 연락이 없었습니다.

그 시점에서 손실액은 3,000만 엔이 넘었지만, 나는 모두 손절매를 하고 잠시 머리를 식혔습니다.

솔직히, 그때 충격은 상당히 컸습니다. 당분간은 시세표를 쳐다보기도 싫었습니다.

그러나 낙담만 한다고 잃어버린 돈이 다시 돌아올 리도 없다며 마음을 고쳐먹고 새로운 분야에 도전하기로 한 것입니다. 그것이 바로 FX(외국환 증거금 거래)입니다.

'남을 원망해 봐야 아무 것도 해결되지 않는다'는 것은 잘 알고 있었고, 부는 남에게서 빼앗아 오는 것이 아니라 스스로 얼마든지 만들 수 있다고 믿었기 때문입니다.

그렇기 때문에 절망의 늪에서도 FX에 도전할 수 있었던 것입니다.

그 결과, 2006년에는 지난해의 손실을 크게 웃도는 이익을 낼 수 있었습니다.

만약 그때 내가 '어째서 나만 운이 따르지 않을까'하며 신세한탄만 하고 손을 놓고 있었더라면, 상황은 전혀 달라지지 않았을 것입니다.

인생은 사계절과 같습니다.

무더운 여름도 있는가 하면 추운 겨울도 오고 그 후에는 따뜻한 봄도 찾아옵니다.

이때의 실패는, 절대로 포기하지 않고 계속 도전하면 봄은 반드시 찾아온다는 것을 몸으로 체험할 수 있었던 귀중한 사건이었습니다.

재능이나 운보다 더욱 필요한 한 가지

성공이란 많은 사람들이 생각하는 만큼 어려운 것은 아닙니다. 누구나 노력만 하면 성취할 수 있습니다.

그 노력이란 곧 행동하는 것입니다.

'할 수 있을까, 없을까'를 요리조리 재기만 할 것이 아니라, 우선은 행동으로 옮겨야 합니다. 성공하느냐 마느냐의 갈림길은 '행동으로 옮기느냐 마느냐'에 있다고 해도 과언이 아닙니다.

성공을 향한 단계는 반드시 아래의 과정을 거칩니다.

지식 → 행동 → 실패 → 학습 → 성공

첫걸음은 먼저 지식을 쌓는 것이므로, 유익한 책을 많이 읽는 것과 세미나에 참석하는 것이 중요합니다. 대부분의 사람들은 이 첫걸음은 내딛습니다.

그러나 대부분의 사람들이 다음의 중요한 단계인 '행동'을 취하지 않는 것입니다.

많은 사람들이 로버트 기요사키 씨나 혼다 켄 씨가 쓴 책을 읽기만 해도 벌써 성공한 것처럼 느끼겠지만, 그것은 커다란 착오입니다.

아무리 책이 많이 팔려도 죄송하지만 성공할 수 있는 사람은 극소수에 불과합니다.

이유는 간단합니다. 모두들 행동을 하지 않기 때문입니다.

앞서도 말씀드렸지만, 성공할 수 있느냐 없느냐의 갈림길은 재능이 있느냐 없느냐도 운이 있느냐 없느냐도 아니고, '행동하느냐 하지 않느냐'의 차이인 것입니다. 실제로, 배운 것을 행동으로 옮기느냐 옮기지 않느냐에 따라 풍요로운 인생이냐 가난한 인생이냐로 갈린다는 말입니다.

여기서 재미있는 일화 하나를 소개하겠습니다.

여우와 토끼가 '만약 갑자기 사냥개가 들이닥치면 어떻게 할까?'에 대하여 이야기를 나누고 있었습니다.

여우는 머리가 좋으므로 여러 가지 방법을 알고 있습니다. 자기는 옥상으로 올라가 어딘가에 숨을 수도 있고 도망갈 수도 있다고 자랑스럽게 말했습니다.

반면 토끼는, 자기는 겁이 많고 머리가 나빠서 단 한 가지 방법, 즉 죽어라고 도망가는 것밖에 알지 못한다고 하였습니다.

그때 실제로 사냥개가 나타났습니다.

토끼는 일단 쏜살같이 도망을 쳤습니다. 그러나 여우는 어떤 방법으로 피할까 망설이다가 사냥개에게 잡혀 버렸습니다.

즉, 'Know what to do(어떻게 해야 하는지를 알라)' 보다는 'Do what you know(알고 있는 것을 실행하라)'가 훨씬 중요하다는 이야기입니다.

지식은 실제로 활용해야 살아 있는 것이므로, 지식이 있기 때문에 성공한 것이 아니라 지식을 활용했기 때문에 성공한 것입니다. 아무리 유익한 지식을 많이 쌓아도, 그것을 실행하지 않으면 아무런 의미가 없다는 의미입니다.

비싼 돈을 주고 세미나에 참석했다고는 하지만, 대부분의 사람들은 거기서 배운 값지고 훌륭한 아이디어를 실행에 옮기지 않는 것이 현실입니다. 나는 마음속으로 '참으로 안타깝다! 어째서 행동으로 옮기지 않을까?' 하고 이상하게 생각하는데, 이것이 현실입니다.

일반적으로, 실제로 행동에 옮기는 사람은 100명 중에 2~3명 정도에 불과합니다. 겨우 2~3%밖에 되지 않는 것입니다.

당신의 목적이 공부하는 것이라면, 행동에 옮기지 않아도 문제는 없습니다.

그러나 목적이 돈을 버는 것이라면, 그래서는 안 됩니다.

'시간이 없어서', '돈이 없어서', '아직 시기가 되지 않아서' 등등 행동으로 옮기지 않는 이유나 행동하지 못하는 이유는 얼마든지 많습니다. 그리고 그 이유를 자신의 머릿속으로 합리화시키기는 간단합니다.

실제로 97~98%의 사람들이 이런 핑계를 둘러대면서 행동을 취하지 않습니다. 행동으로 옮기기만 해도 상위 2~3%에 포함되는데, '즉시 행동'에 옮겨보는 것이 어떻습니까?

스스로 변하지 않으면 세상은 변하지 않는다

새로운 것을 추구하는 변화에는 기존의 것을 파괴하는 아픔이 수반됩니다. 변화하기 위해서는 용기가 필요합니다. 때로는 아픔과 두려움도 따릅니다.

그러나 변화하지 않으면 발전할 수 없습니다. 사람은 과감하게 마음자세를 바꾸어야만 자기가 바라는 사람이 될 수 있습니다. 마음가짐을 바꾼다는 것은 평소의 행동, 즉 습관을 바꾸는 것입니다. 이것도 훌륭한 변화입니다.

당신도 성공인들의 정신자세를 배우고 싶다면 변화를 꾀하십시오.

그리고 그 변화를 즐기십시오.

일단 변화하게 되면 당신에게 서서히 자신감이 생깁니다. 성공철학 관련 세미나에서 자주 사용되는 'SELF-ESTEEM'이라는 현상입니다.

이것이 성공을 향한 첫걸음입니다.

한편, 강한 열등감 때문에 변화하기를 두려워하는 사람도 있습니다.

열등감을 강하게 가지고 있는 사람에게 공통된 문제점은 '운이 없다'거나 '나는 대단한 인물도 아니다' 하는 식의 자기부정을 하고 있다는 점입니다.

그리고 꿈에 도전하고자 하는 마음은 있지만, 자기가 성공할리 없다고 자책하며 열등감을 떨치지 못하고 고민만 합니다.

그러나 그런 부정적인 생각을 갖고 있으면, 정말로 꿈이 꿈으로 끝나고 맙니다.

미국의 격언에 이런 말이 있습니다.

For things to change, you have to change.

If you change, things will change.

내가 변하지 않으면 세상은 아무것도 변하지 않는다는 의미입니다.

당신 스스로 행동하지 않으면 아무것도 변하지 않습니다. 자, 변화를 두려워하지 말고 도전해 보십시오. 앞서도 말씀드렸지만, 실패는 최고의 학습장이며 위대한 재산이 됩니다.

돈 궁핍증은 마음의 병

많은 사람들의 성공을 가로막는 장벽이 되는 감정이 바로 '두려움'입니다.

우리는 항상 두려움과 싸우면서 살고 있다고 해도 과언이 아닙니다.

약간의 리스크만 감수하면 엄청나게 큰 성과를 올릴 수 있는데도, '두려움'이라는 감정이 도사리고 있기 때문에 행동으로 옮기지 못하게 됩니다. 설사 실패를 하더라도 찰과상 정도인데도, 그것조차 두려워하고 있는 것입니다. 참으로 안타까운 이야기입니다.

두려움의 밑바닥에는 타인으로부터의 거부나 부정, 의심, 빈곤, 걱정 등이 깔려 있습니다.

돈이 많은 사람은 두려움을 느끼면서도 리스크를 감수하고 행동하는 데 반해, 돈이 없는 사람은 두려움을 느끼면 위축되어 행동을 취하지 못하게 됩니다. 이 차이는 엄청나게 큰 것입니다. 사람은 누구나 평소부터 두려움과 싸우고 있습니다. 나 자신도 그렇습니다.

어느 날 갑자기 땡전 한 푼 없는 거지가 되면 어떻게 하나?

교통사고를 당하면 어떻게 하나?

암에 걸리면 어떻게 하나? 등, 여러 가지 두려움과 싸우고 있습니다.

그 중에서도 돈이 떨어지는 두려움은 인간을 극한 상태까지 몰고 갑니다.

강도, 유괴, 뇌물, 사기, 원조교제 등은 모두 돈이 얽힌 범죄입니다. 자살이나 이혼의 원인도 대부분은 금전적인 문제라고 합니다.

이렇게 보면, 세상에 돈이 전부는 아니라고 하지만, 세상의 대부분의 문제는 돈만 있으면 해결할 수 있다는 생각도 듭니다.

걱정이나 불안은 요즘 일본 사회에서는 대부분의 사람들이 안고 있는 일종의 '마음의 병' 입니다. 그렇습니다. 소위 말하는 '돈 궁핍증'은 그야말로 '마음의 병'인 것입니다.

'이번 달 할부를 갚을 수 있을까?', '일자리를 잃으면 어떻게 하나?', '더 이상 자산이 감소하면 어쩌나?' 하는 식으로 생각하다 보면, 누구나 마음 편히 앉아 있을 수가 없게 됩니다.

또 불안감이 커지면, 리스크를 감수하거나 새로운 일에 도전할 용기도 생기지 않습니다.

이와 같은 평소의 걱정이나 불안감은 우리의 풍요로움을 빼앗아 갑니다. 그것은 마음의 안정을 빼앗고, 원래 누려야 할 풍요로운 생활까지도 빼앗아 버립니다.

데일 카네기는 '우선 생각할 수 있는 최악의 사태가 무엇인지를 생각하고, 그것을 받아들일 준비를 하라. 그런 다음 그 최악의 상태를 개선해 나가도록 노력하면 된다' 고 하였습니다.

미리 최악의 패턴을 가정해 놓고, 최악의 경우에는 이렇게 대처한다는 식으로 시뮬레이션을 해 두는 것이 중요합니다.

일상적인 행동만 취하다 보면, 늘 손에 들어오는 것밖에 얻을 수 없습니다.

그러나 당신이 진정으로 풍요로움을 얻고자 한다면, 평상시의 편안한 환경에서 과감하게 벗어나기를 권합니다.

처음에는 고통과 공포가 따를지 모르지만, 일단 그 선을 넘어서면 분명 또 한 단계 높은 환경에 적응할 수 있을 것입니다. 스스로 변화를 추구하고 자신의 환경 수준을 높여 나갑시다.

공포를 이겨내기 위해서는 자신감을 가져야 합니다. 자신감은 문자 그대로 자신을 믿음으로써 생겨납니다.

자신감을 갖기 위해서는, 앞서도 설명했지만, 작은 성공부터 쌓아 가는 것이 좋습니다.

어떤 일이든 상관없으니까, 작은 목표를 여러 개 설정하여 하나하나 달성해 나간다. 그렇게 해야 자기 자신에게 자신감을 가질 수 있습니다.

가속 페달과 브레이크를 동시에 밟지 마라

누차 이야기하지만, 성공하고 싶으면 고민만 하지 말고 행동으로 옮겨야 합니다. 그것도 가능한 것부터 확실하게 행동을 취해야 합니다. 이것이 성공에 다가서기 위한 비결입니다.

또 100을 배우고 하나도 실행하지 않는 사람보다는 둘밖에 배우지 않았지만 그 중의 하나를 확실하게 실행하는 사람이 발전 정도가 크다고 할 수 있습니다.

아무런 행동도 취하지 않는 사람은 인생의 브레이크를 밟고 있는 것이나 마찬가지입니다.

성공인을 보며 '부럽네', '나도 저렇게 됐으면 좋겠다' 하고 생각은 하면서도, 한편으로는 '어차피 난 안 돼', '내가 저렇게 될 리가 있나' 하고 스스로 자책하는 사람이 너무 많습니다.

이런 사람은 두려움이 앞서서 아무래도 브레이크를 먼저 밟게 됩니다. 그래서는 앞으로 나아가고 싶어도 나아갈 수 없습니다.

이에 반해 성공인들은 어지간한 일이 아니면 브레이크를 밟지 않습니다.

오히려, 항상 가속 페달을 밟은 상태에서 '이때다!' 싶을 때는 더욱 과감하게 밟아 단숨에 가속해 나갑니다.

지금까지 줄곧 밟아 온 브레이크에서 발을 떼기가 불안할지 모르겠지만, 일단 가속 페달을 밟지 않으면 됩니다. 그러면 차가 갑자기 확 달려 나가는 일은 없습니다.

가속 페달에서도 발을 뗀 상태에서 우선 브레이크를 밟지 말아 보십시오.

그리고 처음에는 브레이크는 밟지 말고 가속 페달만 천천히 밟아 나갑시다.

당신의 차가 꿈을 향해 순조롭게 달려 나가기를 바라마지 않습니다.

✤ 제5장의 포인트

① 단순한 '일'을 '개인적인 일(私事)', '뜻 있는 일(志事)'로 바꾸도록 노력한다

② 비즈니스 오너의 가능성을 모색한다

③ 과감하게 실패해 본다

④ 100의 지식보다 먼저 행동으로 옮기는 것이 중요하다

⑤ 항상 자신을 변화시켜 나간다

*Quality of life is not what you get
but what you become.*

6

대부호 '짐 론'의 이야기

| 인생의 가치는 얼마를 벌었느냐가 아니라
어떤 인간이 되었느냐에 달려 있다 |

성공을 좇아가서는 안 된다

클린턴 전 대통령의 코치로 알려진 앤터니 로빈스의 스승이기도 한 짐 론은 세계적으로 유명한 성공철학자이기도 합니다.

운 좋게도 나의 미국인 멘토가 짐과 친구여서, 나는 짐과 다섯 차례 정도 식사를 같이 한 적이 있습니다.

맨 처음 짐과 식사를 한 것은 1996년 2월의 일입니다. LA에서 짐의 세미나에 참석한 후, 짐과 나의 멘토 부부와 네 명이 함께 식사를 할 기회가 있었습니다. 처음으로 가까이 앉아 대화를 나누는 짐에게 나는 말할 수 없는 감동과 흥분에 휩싸였던 것을 지금도 생생하게 기억하고 있습니다.

이때를 포함하여 나는 짐으로부터 여러 가지를 배웠습니다. 그 중에서도 가장 인상에 남는 것은 다음의 말입니다.

Quality of life is not what you get but what you become.

번역하자면, '인생의 가치는 얼마를 벌었느냐가 아니라 어떤 인간이 되었느냐에 달려 있다'는 말입니다. 솔직히 당시에는 그 의미를 정확하게 이해하지 못했습니다.

이제 내 나름대로 해석해 보면, '보다 훌륭한 사람이 되면 보다 많은 사람을 끌어들일 수 있다', '인간으로서 크게 성장하면 보다 많은 풍요로움을 얻을 수 있다'라는 의미라고 생각합니다.

하지만, 대부분의 사람들은 '좀 더 많은 돈이 있으면 훨씬 훌륭한 사람이 되었을 텐데.'하고 생각합니다. 순서가 뒤바뀐 것입니다.

물론 그 중에는 부자가 되고 나서 훌륭한 인물이 되는 사람도 있을 것입니다. 그러나 내 경험에 비추어 보면 그런 사람은 극히 드물며, 세상 대부분의 성공인들은 먼저 자기 자신을 성장시킴으로써 보다 많은 풍요로움을 얻게 되는 것입니다.

일본을 대표하는 인재교육 컨설팅 회사인 어치브먼트 주식회사의 대표이사이자 내가 존경하는 아오키 사토시(靑木仁志) 선생도 '성공은 성장의 결실'이라고 하였습니다.

즉, 성장 없이는 진정한 성공이 있을 수 없고, 성장이란 가치관의 긍정적 변화이며 모든 면에서 풍요로워진다는 의미입니다.

진정한 성공은 좇아가는 것이 아니라, 우리가 성장함으로써 자연스럽게 따라온다는 매우 함축적인 훌륭한 말이라고 생각합니다.

아오키 선생으로부터는 많은 가르침을 받았고, 내 삶에 커다란 영향을 미친 인물 중의 한 분입니다.

하루아침에 억만장자가 된 트럭 운전수의 불행

한 가지 예를 들어 보겠습니다.

예전에 미국에서도 손꼽히는 고급 골프장에서 골프를 치던 때의 이야기입니다.

그 골프장은 뉴포트 비치(캘리포니아 주)에 있는 펠리칸 힐즈라는, 바다 경치를 만끽할 수 있는 멋진 코스였습니다. 그린 피가 상당히 비쌌기 때문에, 이곳에서 골프를 치는 사람도 나름대로 수준이 있는 최고급 리조트 코스입니다. 주차장에는 언제나 번쩍번쩍한 벤츠와 BMW들이 주차되어 있습니다.

그 골프장에서 언젠가 함께 라운딩을 한 사람 중에 전에 트럭 운전을 하던 사람이 있었습니다.

그는 핸디캡이 제로 정도로 아주 골프를 잘 쳐서, 어떻게 그렇게 잘 치게 되었는지 이것저것 물어 보았습니다. 그러자 놀랍게도 그는 이곳에서 매일같이 골프를 치고 있다는 것이었습니다.

어떻게 이렇게 비싼 골프장에서 그렇게 매일 골프를 칠 수 있느지 물어 보니, 그는 어느 날 갑자기 50억 엔짜리 복권에 당첨되었고 그 후로는 매일같이 유유자적하며 지내고 있다는 것입니다.

증거로 그는 복권에 당첨되어 취재를 받았을 때의 신문기사를 보여 주었습니다.

참고로 미국에서는 세금 관계 때문에 상금은 20년에 걸쳐 분할로 지급하고 있습니다.

그런데, 그는 여윈 얼굴에 전혀 기운이 없어 보였고 어딘지 모르게 쓸쓸해 보였습니다. 거금을 손에 쥐었는데도 전혀 행복해 보이지 않았습니다. 남부러울 것 없는 억만장자 특유의 여유로운 미소나 지적인 대화도 찾아볼 수 없었습니다.

그는 달리 할 일이 없기 때문에 그저 매일 골프나 치고 있다는 것입니다.

나는 이때, 사람의 행복은 돈이 전부가 아니라는 것을 강하게 느꼈습니다.

이 트럭 운전수와 같이 복권에 당첨되거나, 상속이나 스톡옵션으로 거금을 손에 쥔 사람들은 스스로 돈을 버는 지혜가 없는 경우가 대부분입니다. 이와 같이 일시적으로 부자는 되었지만 결국 그 생활을 유지하지 못하고 오히려 불행해지는 경우도 드물지 않습니다.

열심히 노력해서 번 100만 달러와 복권으로 번 100만 달러는 금액은 같지만 그 돈을 손에 쥐기까지의 과정이 전혀 다릅니다.

겉으로 보기에는 똑같은 100만 달러이지만, 그 돈을 스스로 노력해서 번 사람은 돈의 고마움과 소중함, 고생, 두려움과 같은 돈의 본질을 잘 이해하고 있으므로, 돈이라는 것이 몸에서 떨어져나가지 않습니다.

다시 말해, 실력으로 그 돈을 번 사람은 설사 그 돈을 잃더라도 다시 같은 금액을 벌 수 있습니다. 반면, 복권이나 상속으로 거금을 쥐게 된 사람은 돈을 버는 방법을 익히지 않았기 때문에, 일단 그 돈을 잃고 나면 다시 그만한 돈을 벌 수 없다는 이야기입니다.

그렇기 때문에, 일시적으로 여유 있는 생활을 할 수는 있겠지만, 그 돈이 사라지면 모든 게 끝이 나는 경우가 많습니다.

___

성공의 크기 = 남에게 베푼 행복의 크기

짐은 이런 이야기도 했습니다.

'억만장자가 되겠다는 목표를 이루고 싶으면, 그 꿈을 이룸으로써 자신이 어떤 사람이 되겠다 하는 목표를 설정해야 한다.'

즉, 그저 막연하게 '억만장자가 되고 싶다'는 목표만 세워서는 안 된다는 말입니다. 구체적으로 지향하는 바도 없이 오로지 억

만장자가 되는 것만이 목표라는 식이 되기 때문입니다. 그보다
는 자신이 어떤 사람이 되겠다 하는 목표가 더 중요하다는 뜻입
니다.

억만장자가 된 후에 구체적으로 어떤 일을 하고 싶다 하는 이
미지를 설정하는 것이 아주 중요합니다.

비즈니스에 대해서도 짐은 이렇게 말했습니다.

'비즈니스에서 성공할 수 있느냐의 관건은 단순히 돈만 벌기
위해서가 아니라, 진정으로 고객의 이익을 위해 그 비즈니스를
하고 있느냐가 포인트이다.'

훌륭한 비즈니스 시스템은 대체로 '고객에게 도움이 되는 것
= 이익을 얻는 것' 이라고 짐은 말합니다. 반대로, '돈을 벌지 못
하는 회사의 대부분은 사람들에게 도움이 되지 않는 회사' 라고
도 하였습니다.

그리고 그는 '성공의 크기 = 남에게 베푼 행복의 크기' 라고 하
였고, '사람들이 즐거워할 서비스와 상품을 제공하는 저 너머에
커다란 이익이 기다리고 있다' 는 말을 강조하였습니다.

다시 말해, 앞서도 설명한 '다른 사람을 이기게 하면 자연히
나도 이길 수 있다' 는 의미입니다.

성공에서 가장 중요한 것은 '성공하고자 하는 이유', 즉
'WHY?' 를 명확히 해 두어야 합니다. 그러나 대부분의 사람들

은 그 이유가 분명치 않기 때문에 성공으로 가는 도중에서 좌절하고 마는 것입니다.

짐 론이 부자가 되고 싶었던 순진한 동기

그러면 짐 론 자신의 'WHY?'는 과연 무엇이었을까요?

사실은, 그가 '성공해서 부자가 되고 싶다'고 생각한 계기와 이유가 아주 독특해서 여기에 소개해 두고자 합니다.

그 계기는 그가 스물네 살 때 찾아왔습니다.

어느 날, 그가 집에 있을 때 걸스카우트가 찾아왔다고 합니다. 귀여운 여자 아이들이 1달러짜리 과자를 팔고 있었습니다. 물론 그 아이들은 자원봉사활동을 하는 것이며, 과자를 판 돈은 지역 활동에 쓰어집니다.

짐은 그 과자를 사 주고 싶었습니다. 그러나 그때 그의 호주머니 속에는 그 1달러가 없었습니다. 그 사실이 알려지는 것이 싫었던 그는 얼른 거짓말을 둘러댔습니다.

'미안해. 난 어제 산 과자가 아직 많이 남아 있어서……'

이 말을 들은 소녀는 '와, 좋겠다. 그럼 됐어, 고마워.' 하고는 전혀 싫은 내색을 하지 않고 웃는 얼굴로 돌아갔다고 합니다.

그 아이들이 돌아간 후 짐은 자기 자신에게 이렇게 중얼거렸습니다.

'정말 싫다. 저 착한 걸스카우트 애들한테 거짓말을 하다니, 정말 한심한 녀석이야. 앞으로는 두 번 다시 이러지 말아야지.'

그리고 '이런 인생과는 이별을 고하자!' 하고 단단히 마음먹은 그는 다음과 같이 맹세를 했습니다.

'내 호주머니에 돈이 넘치도록 지금부터 노력하자! 그러면 아무리 많은 걸스카우트가 오더라도 그 애들의 과자를 몽땅 사줄 수 있겠지.'

이것이 위대한 성공철학자의 첫걸음이었습니다.

특별히 높은 이상을 내건 것은 아니지만, 당시의 짐으로서는 충분한 'WHY?'를 발견하는 사건이 된 것입니다.

때로는 분노와 굴욕감도 강력한 무기

이 이야기에는 후일담이 있습니다. 그가 성공한 후에 다시 걸스카우트가 찾아왔을 때 그 아이에게 그는 이렇게 말했습니다.

'나는 마침 과자가 먹고 싶었단다! 미안하지만 네가 가지고 있는 그 과자를 모두 나에게 팔지 않겠니?'

그러자 그 여자 아이는 '와, 멋있다.' 하고 환호성을 지르며 감격하고는, 만면에 미소를 머금은 채 무척 기뻐하면서 돌아갔다고 합니다.

그는 아직도 그때 그 여자 아이의 표정을 생생하게 기억하고 있으며, '과자를 사 줬다고 그렇게까지 좋아할 줄은 몰랐어.' 하며 흐뭇한 표정으로 이야기해 주었습니다.

자기 자신의 부족함에 대한 분노나 굴욕감도 때로는 성공을 향해 분발할 수 있는 강력한 이유가 될 수 있다는 교훈입니다.

이런 에피소드가 세계 최고의 성공철학자가 성공할 수 있는 계기가 되었다니 흥미롭지 않으십니까?

일본에서는 이런 예가 있습니다.

전 한신 타이거즈의 감독 호시노 센이치(星野仙一) 씨가 강연에서 다음과 같은 이야기를 하였습니다. 그가 주니치 드래곤스의 투수로 활약할 당시, 그의 고향 오카야마에서는 자이언트의 경기밖에 텔레비전 중계방송을 해 주지 않았다고 합니다. 그랬기 때문에 그가 오카야마에 사는 어머니나 친척, 지인들에게 자기가 활약하는 모습을 보여줄 수 있는 유일한 기회는 자이언트와의 경기에서 호투하는 것뿐이었습니다.

그런데 시합은 저녁 6시에 시작되었고 중계방송은 1시간 후인 밤 7시부터 시작되었기 때문에, 선발로 나와 최소한 3회 이상 던지지 않으면 자신이 활약하는 모습을 고향 사람들에게 보여줄 수 없는 것입니다.

'텔레비전 중계가 시작될 때까지는 무슨 일이 있어도 강판당할 수 없다.'

이 중압감이 '열정의 남자 호시노'에게 동기부여가 되었다고 합니다.

바로 이것이 '왜 하려고 하는가?' 하는 'WHY?'의 명확한 이유이며, 바로 이 명확한 이유가 있었기 때문에 호시노 씨는 자이언트와의 경기에서 최고의 실력을 발휘할 수 있었던 것입니다.

참고로, 나의 'WHY?'는 두 가지가 있습니다.

하나는 '바보 같은 상사에게 바보라는 소리를 듣고, 그 지옥 같은 월급쟁이 생활은 두 번 다시 하고 싶지 않다. 그곳으로 돌아갈 정도면 무슨 일이든 할 수 있다.'

또 하나는, 나는 여행이 취미여서 '비행기를 탈 때는 좁은 이코노미 클래스가 아니라 비즈니스 클래스를 탈 정도의 생활을 하고 싶다.'는 것입니다.

당신도 성공을 하고 싶다면 먼저 자신의 'WHY?', 다시 말해 '성공을 해야만 하는 이유'를 찾으십시오. 그것이 성공을 향한 첫걸음입니다.

'올바른 사람' 하고만 사귀자

또 짐은 '올바른 사람하고만 사귀어라!'고 입에 침이 마르게 이야기했습니다.

'올바른 사람'이란 당신의 성공을 도와 줄 사람, 당신의 목표나 꿈의 실현을 지원해 줄 사람, 당신을 성공으로 이끌어 줄 사람, 당신을 응원해 줄 사람, 배울 것이 있는 사람을 말하는 것으로, 한마디로 줄이자면 '당신의 목표 달성에 플러스가 될 사람'을 말합니다.

그는 '이런 사람들만 사귀라'고 몇 번이고 내게 말해 주었습니다.

동시에 그것은 '세상에는 그렇지 않은 사람이 압도적으로 많으니까 조심하라'는 충고이기도 합니다.

즉, 당신의 성공을 방해하는 사람, 즉 '꿈 도둑'과는 사귀지 말라는 이야기입니다.

인간이란 주위에 감화되기 쉬운 생물입니다. 사귀는 사람의 수준에 따라 당신 자신의 인생이 어떻게 되느냐가 결정됩니다. 그러므로 사귀는 사람을 신중하게 골라야 합니다.

돈 없는 사람의 주위에는 돈 없는 사람만 모여듭니다. 퇴보적으로 생각하는 사람의 주위에는 퇴보적으로 생각하는 사람만 모여듭니다. 그렇습니다. 바로 유유상종인 것입니다.

연봉 300만 엔인 사람과 연봉 1억 엔인 사람은 서로 대등한 관계가 되기 어렵습니다. 왜냐하면, 살고 있는 동네에서부터 자주 가는 점포, 가지고 있는 카드의 종류, 투숙하는 호텔, 대화의 수준에 이르기까지 모든 것이 전혀 다르기 때문입니다.

그렇다고 연봉 300만 엔인 사람이 연봉 300만 엔인 사람들만 사귀어서는 성공으로 가는 길은 멀어질 뿐입니다.

그래서 만약 당신의 현재 연봉이 300만 엔이라면 연봉 1,000만 엔인 사람들과 사귀도록 하십시오. 만약 당신의 현재 연봉이 1,000만 엔이라면 연봉 3,000만 엔인 사람들과 사귀도록 하십시오.

이런 식으로 단계를 밟아 감으로써 자연스럽게 자신의 수준을 끌어올릴 수 있습니다.

유명한 성공철학자인 브라이언 트레이시(Brian Tracy)도 'Associate with the right person(올바른 사람과 사귀어라)' 이라고 하였고, 'Everything in life is association(사람들과의 교류야말로 인생의 전부이다)' 이라고 하였습니다.

자, 당신도 오늘부터 '올바른 사람' 하고만 사귀도록 노력해 보십시오.

'올바른 사람'을 구분하는 방법

하지만, 자신에게 정말로 이 사람이 '올바른 사람'인지 구분하기란 상당히 어렵습니다. 그래서 쉽게 구분할 수 있는 방법을 한 가지 소개해 드리겠습니다.

누구나 결혼, 승진, 합격, 출판 등 인생을 살면서 주위 사람들로부터 축복받을 기회는 많이 있습니다. 그럴 때 이와 같은 기쁜 소식을 자기가 '올바른 사람'이라고 생각하는 사람에게 밝은 표정으로 전해 보십시오.

그리고 그 순간에 그 사람의 표정을 잘 관찰해 보십시오.

자기 일처럼 기뻐해 주는 사람도 있을 것입니다.

시원치 않은 반응을 보이는 사람도 있을 것입니다.

또는 남의 행복을 질투라도 하는 듯한 표정을 짓는 사람도 있을 것입니다.

사람에 따라 그 반응은 다양하리라 생각합니다.

그 중에 당신에게 '올바른 사람'은 누구일까요? 당신이 사귀어야 할 사람은 바로, 맨 앞에 예를 든 '당신의 성공을 자기 일처럼 기뻐해 주는 사람'입니다.

이것은 이 사람과 사귀어야 하는지 판단하기 위한 아주 간단하고 명쾌한 방법입니다. 꼭 한번 시험해 보십시오.

멘토는 이렇게 찾는다

멘토의 중요성도 짐 론으로부터 배운 것 중의 하나입니다.

만약 지금 당신이 인생의 전환점에 서서 어떻게 하면 좋을지 모르겠다면 바로 훌륭한 멘토를 찾아보십시오.

멘토란 인생을 이끌어 주는 당신의 스승이며, 당신의 꿈을 실현할 수 있도록 도와주는 마음의 스승을 말합니다.

당신이 설정한 목표를 향해 나아가는 과정에서 일어나는 문제에 대하여 함께 생각해 주는 성공 프로듀서이기도 합니다. 또한 자기가 모델이 되어 삶의 방식이나 사고방식, 사물에 대해 대응하는 방법이나 받아들이는 방법 등을 제시해 주는 조언자이기도 합니다.

사람은 앞이 보이지 않으면 불안해지고, 누군가가 이끌어주기를 바라게 됩니다.

그럴 때 당신의 정신적인 지주가 되어 한 걸음씩 나아갈 때마다 조언을 해 주는 응원자가 바로 멘토인 것입니다.

하지만, 자신이 수동적인 태도를 취하면 멘토를 올바로 활용할 수 없습니다. 어디까지나 생각하는 것은 멘티(수강자) 자신이며, 원칙적으로 멘토는 멘티가 질문한 것밖에는 대답해 줄 수 없습니다.

또 멘토는 단기적인 성과를 요구하거나 자신의 지론을 강요하지도 않습니다.

사람은 때에 따라 성과가 나올 때도 있고 나오지 않을 때도 있다는 것을 잘 이해하고 있기 때문입니다.

그러므로 스스로 문제의식을 가지고 장차 자신이 어떤 생활을 하고 싶은지를 이미지화 해 보고, 이를 위한 행동을 해야 합니다.

역사상 많은 성공인들이 훌륭한 멘토를 만나 인생관을 바꾸었습니다. 그리고 많은 성공인들은 멘토의 조언 덕분에 성공했다고 해도 과언이 아닙니다.

심 론을 비롯하여 도니 로빈스나 로버트 기요사키 등 유명한 성공철학자들은 모두 멘토의 중요성을 역설하고 있습니다. 빌 게이츠는 멘토가 12명이나 있다고 알려져 있습니다.

혼다 켄 씨의 저서 『유대인 대부호의 가르침』과 역서 『억만장자의 제자가 되어 성공하는 방법』 등은 바로 그의 유대인 멘토의 가르침을 체계화한 것입니다.

그의 세일즈 비결과 연설 기법, 인맥 형성, 돈에 관한 지식 등, 성공에 필요한 노하우의 대부분은 유대인 대부호의 멘토로부터 배운 것입니다.

이렇게 말하는 나에게도 백만장자가 되기 위한 지혜와 생각을 가르쳐 준 멘토가 미국에 있습니다. 나는 그를 통해 미국의 많은 억만장자들의 사고방식과 견해를 배울 수 있었습니다.

그러한 사람들과의 만남은 독특해서, 때로는 냉담하게 때로는 따뜻하게 느껴졌습니다. 그러나 진정한 억만장자인 그들의 가르침이 내게 막대한 영향을 준 것은 말할 것도 없습니다.

거듭 이야기하지만, 인생을 풍요롭게 살려고 한다면 훌륭한 멘토를 갖는 것이 대단히 중요합니다.

물론 훌륭한 책이나 영화에서도 많은 가르침을 발견할 수 있습니다.

그러나 성공의 기준은 사고방식과 주변 환경에 따라 각기 다르므로, 성공을 향해 나아가는 과정도 실제로 만나보고 개인별로 차별화해야 합니다.

사람은 원래 정신적으로 약한 존재입니다. 자신이 세운 목표에 대해서도 도중에 불안감을 느끼기도 하고, 무리하다고 생각하고 포기하기도 합니다.

인간은 혼자서는 절대로 큰 목표를 달성할 수 없습니다.

바꾸어 말하면, 다른 사람의 협력과 지원이 없이는 성공할 수 없는 것입니다.

문제가 생겼을 때, 불안할 때, 어려움에 직면했을 때, 꼭 도와줄 사람, 격려해 줄 사람, 진지하게 당신의 목표를 위해 함께 싸워 줄 사람. 이런 사람을 당신 주변에서 꼭 찾아내시기 바랍니다.

자신이 목표로 하는 사람에게 과감하게 멘토가 되어 달라고 부탁해 보십시오.

성공인들은 자기를 추종할 사람을 찾고 있으므로, 겁 내지 말고 접근해 보시기 바랍니다. 의외로 흔쾌히 받아 주리라고 생각합니다.

하지만, 부탁을 할 때 당신 자신이 열심히 살고 있다는 자세와 열정을 보여주는 것이 중요합니다. 대충대충 사는 사람에게 귀중한 시간을 할애해 줄 멘토는 없기 때문입니다.

이 책을 읽는 독자라면 분명 받아줄 것입니다. 이 책의 독자는 인생을 향상시키려고 노력하는 분들이므로, 당신도 어서 멘토가 되어 줄 사람을 찾아 나서기 바랍니다.

어떻게 자신의 부가가치를 창조할 것인가?

대부분의 성공인들은 사람들에게 무언가를 베푸는 것을 좋아하긴 하지만, 무턱대고 베푸는 것은 아닙니다.

그들도 자원봉사로 인생을 사는 것이 아니므로, 자신이 가지지 못한 무언가를 가지고 있는 사람에게만 그런 기회를 줍니다. 그들은 자기가 하지 못하는 것을 할 수 있는 사람이나, 자기가 알지 못하는 것을 알고 있는 사람을 성원하고 싶어합니다.

대부분의 성공인들은 피나는 노력을 해서 오늘날의 지위에 올랐습니다.

그렇기 때문에, 엄격히 말하자면, 아무것도 가지고 있지 않은 사람에게는 흥미를 보이지 않습니다.

따라서, 당신이 성공하고자 한다면 먼저 자신을 갈고 닦아 힘이 있는 사람의 응원을 받을 수 있는 사람이 되어야 합니다.

자신을 갈고 닦는다는 것은 자신에게 부가가치를 창조하는 것입니다.

구체적인 방법으로는 자신만의 능력과 기술을 연마하거나, 수준 높은 사람과 어울리거나, 책을 읽는다거나, 훌륭한 세미나에 참석하도록 해야 합니다.

그리고 이를 위한 바탕이 되는 개념이 지금까지 설명해 온 돈 쓰는 법인 것입니다.

즉, 사람 만나는 것에 돈을 쓰거나, 학습에 돈을 쓰거나, 한 등급 높은 체험을 하는데 돈을 써야 합니다.

자신의 성장을 위해 돈을 쓸 수 있느냐 없느냐, 이것이 성공할 수 있느냐 없느냐의 갈림길이라고 해도 과언이 아닙니다.

행복의 기준은 선택의 다양성에 달렸다

당신에게 행복이란 무엇입니까?

'행복은 언제나 내 마음에 달려 있다'는 말처럼, 행복의 기준은 십인십색입니다.

그리고 '행복해지기 위해 무언가를 하는 것이 아니라, 행복하게 무언가를 한다'는 발상이 대단히 중요합니다.

내가 생각하는 행복의 기준은 선택의 다양성에 달렸습니다.

선택의 여지가 많으면 많을수록 행복의 수준이 높다고 생각합니다.

여행을 예로 들어 보면, 생활에 여유가 없다면 '가지 않는다'를 선택할 수밖에 없습니다. 그러나 여유가 있다면 '하와이로 놀러 갈까? 태국에서 마사지를 받아 보는 것도 좋겠지. 그런데 사람이 많으면 좀 그러니까 이번에는 포기하자.' 하는 식으로 선택의 여지가 많아집니다.

결과만 보면 양자 모두 '여행을 가지 않는다'는 것에서는 같지만, 결론에 이르는 과정이 전혀 다릅니다.

'저것도 하고 싶고, 이것도 하고 싶고. 그런데 이것밖에 할 수 없어.' 하는 식의 인생은 너무 재미가 없습니다.

반대로, '이것도 할 수 있고, 저것도 할 수 있지만, 이번에는 이걸로 해 두자.' 할 정도면 참 좋겠지요. 이것이 바로 '선택의 다양성'입니다.

인생은 중요한 문제에서부터 사소한 일에 이르기까지 평소 당신이 하고 있는 선택의 연속입니다. 즉, 당신이 지금까지 살아온 역사는 당신이 지금까지 해 온 무수한 선택의 결과라고도 할 수 있습니다.

그리고 현재 당신이 처한 상황은 과거에 당신이 해 온 선택의 집대성이며, 당신의 미래도 앞으로 당신이 하는 선택의 결과라고 할 수 있을 것입니다.

따라서, 지금 당신이 선택하고 결단하는 것은 그대로 당신의 미래의 이익이나 손실로 이어집니다. 그런 만큼, 올바른 선택과 결단을 하는 것이 인생에서 중요한 의미를 갖는 것입니다. 모든 책임은 결단을 내린 당신 자신에게 있으므로, 매일 신중하게 선택하지 않으면 후회가 남는 인생을 살게 됩니다. 매일매일 후회 없는 올바른 선택과 결단을 하도록 하십시오.

부모로부터 마지막으로 배운 것

마지막으로 한 가지, 이 책의 테마와는 관계없지만, 여러분과 함께 꼭 공유하고 싶은 이야기가 있습니다.

1999년은 내 인생에 있어 최악의 해였습니다.

나를 가장 이해해 주던 부모님이 불과 두 달 사이에 잇따라 돌아가셨습니다.

어머니가 7월 말에 갑자기 돌아가셨고, 아버지는 10월에 암으로 타계하셨습니다.

어머니 63세, 아버지 66세의 젊은 나이의 죽음이었습니다.

아버지의 암은 2년 전에 발병히여 이미 병원에 입원해 있었으므로, 어느 정도 각오는 하고 있었습니다.

그러나 어머니는 너무나 건강하셨기 때문에, 커다란 충격을 받았습니다.

어머니의 죽음을 안 것은 마침 비즈니스 컨벤션으로 하와이에 가 있던 때였습니다.

호놀룰루 공항의 카운터에서 급히 집으로 전화를 해 달라는 안내를 받고, 거기서 알게 되었습니다.

나쁜 소식이라면 아버지에 관해서만 머릿속에 들어 있었기 때문에 어머니의 갑작스러운 죽음은 전혀 예기치 못했으며, 비행기 안에서도 제발 잘못된 소식이기만을 기도하였습니다.

짐 론 씨와 할레쿨라니 호텔에서 저녁을 먹으며 행복한 시간을 보낸 다음날 이런 일이 닥친 만큼, 정말로 천당에서 지옥으로 떨어진 느낌이었습니다.

당시 아버지는 집에서 요양을 하고 있었기 때문에, 어머니는 간병을 하느라 피로에 지쳐 있었습니다.

나도 하와이로 출발하기 전날 집으로 찾아가 뵈었는데, 어머니가 상당히 피곤해 보여서 약간 걱정스러운 마음으로 여행을 떠났습니다. 하지만 정말로 어머니가 그렇게 되시리라고는 꿈에도 생각지 못했습니다.

실제로 어머니의 죽음을 확인하고는 말조차 나오지 않았습니다. 어머니는 평소에 책을 읽다가 잠드는 버릇이 있었는데, 그때도 꼭 그런 모습이었습니다.

그 잠든 모습은 모든 고생에서 해방된 듯 편안해 보이기까지 했습니다.

귀국한 후에는 내가 장남이었으므로 상주로서 머리가 텅 빈 상태에서 밤샘을 하고 장례를 치렀습니다.

어머니가 돌아가신 슬픔이 채 가시기도 전에 이번에는 아버지가 그 뒤를 이었습니다.

나는 상속 절차와 사무처리에 쫓기면서도 틈틈이 아버지의 간병을 하고 있었습니다. 당시 두세 달은 슬퍼할 겨를도 없는 힘든 시간이었습니다. 나는 어머니가 돌아가신 후, 아버지가 말을 할 수 있을 때까지는 거의 매일 문병을 가서 병실에서 얼마 남지 않은 아버지와 마지막까지 대화를 나누려고 애를 썼습니다.

여행을 좋아하시던 아버지는 힘없이 '뉴올리언스와 라스베가스에 다시 한 번 가보고 싶다'고 한 말이 아직도 기억에 남아 있습니다. 나는 "갈 수 있어요. 건강해지면 우리 같이 가요!"라는 말밖에 해 드릴 수가 없었지요.

평소 아버지는 무척 엄격하셨는데, 병원에 입원하고부터는 부처님처럼 온화한 표정으로 이야기를 하셔서 너무나 가슴이 아팠습니다.

암이라는 병은 너무나 잔혹해서, 문병을 갈 때마다 상황이 나빠졌습니다.

옛날에는 건장하고 기운도 펄펄 넘치던 아버지가 점점 야위어 갔는데, 날로 약해져 가는 모습을 지켜보기가 너무나 고통스러웠습니다.

원래는 대장에서 암이 발견되었는데, 암이란 병은 전신으로 전이되는 경우가 많고 아버지도 예외는 아니었습니다.

아버지는 원래 의사였으므로, 스스로 진행상황을 파악할 수 있어서 더욱 괴로웠으리라 생각합니다. 거울을 통해 자신의 얼굴을 보면서 '이제는 황달까지 왔군……. 이 정도면 석 달 정도 남았겠네.' 하며 서글픈 표정을 짓던 모습이 떠오릅니다.

어머니 때는 안타깝게도 임종을 보지 못했으므로, 아버지 때는 동생과 둘이서 그 날을 위해 대기하고 있었습니다. 10월 15일에 담당 간호사로부터 휴대전화를 통해 갑자기 혈압이 떨어져 위독하다는 연락을 받고, 초고속으로 병원까지 달려갔던 일이 아직도 생생하게 생각납니다.

그 날이 진짜 마지막이 되었습니다. 입원한 지 딱 석 달만의 일이었습니다.

숨을 거두기 직전, 이상한 일이 일어났습니다.

죽 누워만 계시던 아버지가 돌아가시기 직전에 마지막 힘을 다해 눈을 크게 뜨는 것입니다. 그리고 내 손을 꼭 쥐고는 입을 벌려 뭐라고 하시는 것이었습니다.

물론 입 밖으로는 나오지 않았지만, 내게는 분명하게 '고… 맙… 다…….' 라는 말로 들렸습니다. 그 말을 마지막으로 아버지는 정말로 하늘나라로 떠나셨습니다.

나와 동생은 그 자리에서 통곡을 했습니다.

사랑하는 부모님을 거의 동시에 떠나보낸 슬픔에, 그 후 반 년 정도 나는 사람들을 만날 수 없었고, 자포자기 상태가 되었습니다.

그만큼 가족의 죽음이란 것이 내게는 강렬한 체험으로 다가왔습니다.

여기서 여러분에게 꼭 해 드리고 싶은 이야기가 있습니다.

그것은 '하루하루를 열심히 사십시오' 라는 말입니다.

시간은 금이 아니라, 시간은 생명입니다.

인생의 시간은 한정되어 있습니다. 인생은 언제 어디서 무슨 일이 일어날지 전혀 알 수 없습니다.

언제까지나 건강하게 살아 있다고 전혀 보장할 수도 없습니다. 그러니까 '지금 이 순간' 최선을 다해 살지 않으면 '내일' 당장 후회하게 됩니다.

그리고 무엇보다 부모님께 최선을 다 하십시오.

대부분의 경우, 효도를 하려고 하면 부모님은 이미 이 세상에 계시지 않습니다. 그러므로 부모님이 건재하시다는 것만으로도 행복한 것입니다.

나는 정말 더 많은 걸 해 드리고 싶었습니다. 특히 어머니에게는 늘 걱정만 끼쳐 드렸을 뿐, 생전에 어엿한 모습을 거의 보여 드리지 못했습니다.

지금이라면 어느 정도는 해 드릴 수 있지만, 안타깝게도 부모님은 기다려 주시지 않았습니다.

그렇기 때문에 더욱 그런 생각이 듭니다.

언제까지나 있다고 생각하지 마라 '부모님과 돈'.

언제까지나 없다고 생각하지 마라 '사고와 재난'.

사카이야 다이치(堺屋太一) 선생의 말로 기억하는데, 전적으로 동감합니다.

나는 이와 같은 체험이나 시련을 많이 겪어서, 정신적으로 강해진 것 같습니다.

그 강한 정신력이 항상 리스크를 감수하고 꿈을 추구하며 끊임없이 새로운 것에 도전하는 용기로 이어진다고 생각합니다.

그러니까, 여러분도 후회하지 않도록 '지금 이 순간'을 열심히 사시기 바랍니다.

이것이 이 책에서 주장하는 성공인을 향한 첫걸음이 아닌가 생각합니다.

맺음말

사람은 반드시 바뀔 수 있다!

마지막까지 이 책을 읽어 주서서 대단히 감사합니다.

이 책에는 돈을 효과적으로 씀으로써 성공을 얻기 위한 포인트와 힌트를 망라하려고 노력하였습니다.

내가 가난하던 13년 전에는 나를 바꾸고 싶어 매달 성공철학을 배우러 미국까지 날아갔습니다.

1994년부터 1998년까지 5년 동안 나리타와 로스엔젤레스를 연평균 8차례나 왕복했습니다. 미국과 일본 왕복 20시간이나 걸리는 여행을 왜 1년에 8번씩이나 왕복했느냐고요?

이유는 간단합니다.

나를 바꾸고 싶었기 때문입니다.

당시 일본에는 성공 철학 세미나가 없었으므로, 미국까지 가지 않으면 세미나를 들을 수 없었기 때문입니다.

나는 이 상태로는 도저히 안 되겠다는 생각에 마음만 초조해졌지, 무엇을 해야 좋을지 알 수 없었습니다. 그러나 이대로는 안 되겠다고 생각하고, 돈은 없었지만 일단 미국으로 날아갔던 것입니다.

당시 나는 일본의 비좁은 '폐쇄적 시골사회'에 염증을 느끼고 있었습니다.

처음부터 끝까지 관리하고 잔소리만 해 대던 상사가 싫었습니다. 노예처럼 구속당하고, 하고 싶은 일을 희생하면서 일만 해야 하는 회사가 싫었습니다.

그리고 무엇보다 경제적으로나 정신적으로 빈곤해서 불만만 가득 찬 내 자신이 싫었습니다.

싫은 것 투성이였던 당시에는 완전히 자신감을 잃어버리고 삶의 목표가 없었습니다.

나의 경우, 다행히 미국이 제2의 고향이었기 때문에 언어 문제도 없었습니다.

그러니까 그 부분에서는 여러분과 약간 조건이 다를지는 모르겠습니다.

그러나 분명히 말할 수 있는 것은, 행동으로 옮기지 않으면 아무것도 변하지 않기 때문에, 영어를 할 수 있다 없다는 중요한 문제가 아니라고 생각합니다.

나는 개인을 존중하고 자유롭고 관대한 미국이라는 나라가 좋았습니다.

관대하다고는 하지만 자기 책임이 원칙인 나라이기 때문에, 일본보다는 어느 의미에서 힘든 사회입니다.

그래도 힘은 들지만 미국의 개인은 상위 계층일수록 여유롭고 활기찬 삶을 살고 있습니다. 땅덩어리가 넓어서 그런지, 일반적으로 인간적이고 물질적으로나 정신적으로도 여유가 있다고 느껴졌습니다.

실제로 미국인 대부호를 만나고 나서 나의 가치관은 크게 달라졌습니다.

그것은 또 거품경제 시대의 일본인의 감각과는 정반대라는 것을 느끼고 여러 가지를 생각하게 되었습니다.

그런 미국으로 가기만 하면 뭔가 되겠지 하는 생각도 안이하다면 안이하겠지만, 당시 나로서는 죽을 각오까지 되어 있었습니다. 왜냐하면, 성공이 먼저냐 파산이 먼저냐 하는 상황이었기 때문에 그야말로 시간과의 싸움이었습니다.

인터넷도 없던 시대였으니까 지금과는 정보량이 완전히 달랐으므로, 솔직히 불안감도 많이 느꼈습니다.

하지만 성공을 하고 싶었기 때문에 망설이지는 않았습니다.

인생에 지름길은 없다고 생각하고 일단 결단하고 행동으로 옮긴 것입니다.

가난하면 생활에 대한 걱정이 앞서고, 늘 돈 벌 궁리를 해야 하니까 힘이 들지요.

데이트를 하려 해도 먼저 돈 걱정을 해야 하니, 가는 식당도 항상 정해져 있습니다. 지금 생각하면 우스운 이야기지만, 여자 친구가 레스토랑의 메뉴를 보고 바다가재를 먹겠다고 하면 어쩌나 하고 심각하게 걱정한 적도 있었습니다.

그래서 솔직히, 더 이상 이렇게 돈 걱정을 하면서 살기는 싫다고 생각했습니다.

당시 나는 'Nothing to lose(더 이상 잃을 것도 없다)'의 상태였기 때문에, 성공을 위해서라면 무슨 일이든 할 수 있었습니다.

월급쟁이를 막 그만두고 인생의 스승 같은 건 없었으므로, 무언가 가르쳐 줄 사람도 가르쳐 줄 것도 없었습니다. 스스로 상처를 헤집어가면서 피를 흘리며 여러 가지를 배울 수밖에 없었던 것입니다.

자신을 벼랑 끝으로 내몰았지만, 결과적으로 그런 시도가 성공했다고 생각합니다.

고통이 따랐기 때문에 많은 것을 배울 수 있었습니다.

당시 나는 가난한 서른두 살이었지만, '서른다섯 살 생일 때까지 연봉 3,000만 엔!'의 목표를 가지고 있었습니다.

그 목표를 종이에 써 놓고, 어떻게 하면 이 목표를 달성할 수 있을까 심각하게 생각하였습니다.

그리고 2년 후, 정말로 35세 생일을 석 달 앞두고 목표를 달성하였습니다.

'하면 된다! 꿈은 반드시 이루어진다'고 느낀 순간입니다.

그러므로 여러분도 결단하고 행동으로 옮기면 무슨 일이든 할 수 있습니다.

만약 당신이 지금의 자신을 바꾸어 보다 나은 인생을 살고자 한다면, 당장 오늘부터 결단을 하십시오.

결단이란 결정해서 끊는 것입니다.

당신이 '무엇을 우선으로 하느냐'에 따라 인생이 결정되는데, 그 선택의 자유도 당신에게 있습니다.

멘토를 만드십시오.

여러 가지 세미나에 참석해 보십시오.

그리고 많은 책을 읽으십시오.

그러나 모든 것이 올바른 선택을 내리기 위한 수단은 되지만 최종적으로는 당신 자신이 결정하는 것입니다. 이 책에서 그 결단의 힌트를 하나라도 얻으셨다면, 더 이상 바랄 게 없습니다.

– 도리이 유이치

⚜

참고문헌

『The treasury of quotes』(Jim Rohn)

『The five major pieces to the life puzzle』(Jim Rohn)

『The millionaire mind』(Thomas J. Stanley)

『The millionaire next door』(Thomas J. Stanley/William D. Danko)

『The richest man in babylon』(George S. Clason)

『Secrets of the millionaire』(T. Harv Eker)

『Mentored by a millionaire』(Steven K. Scott)

『ビリオネアに学ぶ「億万の法則」』(サクセス・マガジン 原著/リチャード・
　　　　　　　　　　　H・モリタ 監修 /イ-ハト-ブフロンティア)

『億万長者の哲学』(浅井 隆 あ・うん)

『赤っ恥学』(関口房朗 宝島社)

『人生を樂しく幸福に生きる法』(青木仁志 アチ-ブメント出版)

『改訂版 21世紀の成功心理学』(青木仁志 アチ-ブメント出版)

『SADAKATA! BIBLE』(貞方邦介 コマブックス)

『雇われずに生きる』(南原竜樹 ゴマブックス)

『1週間は金曜日から始めなさい』(臼井由妃 かんき出版)

『イン・ ザ ・ブラック』(広瀬元義 あさ出版)

『香港大富豪のお金儲け 7つの鉄則』(林和人 幻冬舎)

『金時力でお金も時間も両方稼ぐビヅネスオ-ナ-になる方法』(田渕裕哉 明日香出版社)

『メンタ-に出会えば道は開ける』(秋田稲美 中経出版)

『走りながら考える仕事術!』(平野友朗 日本実業出版社)

『病気にならない生き方』(新谷弘美 サンマ-ク出版)

『나를 변화시키는 좋은 습관』(한창욱 새론북스)

지은이 **도리이 유이치(鳥居祐一)**

1961년 요코하마 출생. 5세부터 10세까지 미국 뉴욕에서 성장. 1985년 아오야마가쿠인(靑山學院)대학 졸업. 1987년 캘리포니아대학 어바인 캠퍼스에 유학. 일본계 금융기관을 거쳐 1994년에 독립. 오랫동안 인간의 행동과 심리에 대하여 연구하였고, 일본과 미국의 많은 억만장자와의 교류를 통해 돈과 성공에 대한 철학을 배웠다. 독립 후 매일 라면밖에 먹지 못하는 바닥 생활 속에서도 근성으로 종자돈을 만들어 '돈 굴리기'에 성공하여, 현재 준 은퇴생활을 즐기면서 현명하게 돈 버는 법과 돈 불리는 법, 돈 쓰는 법을 프로그램화 하여 「탈 생존경쟁」, 「비즈니스 오너의 권고」 등을 테마로하여 세미나와 강연활동을 펼치고 있다. 2006년 10월에는 비디오 임대 체인 TSUTAYA에서 『학교에서 가르쳐 주지 않는 억만장자의 수업』이 임대 랭킹 2위(알아 두면 득이 되는 돈 세미나 코너)에 올랐다.

옮긴이 **이봉노**

한국외국어대학을 졸업하고, 광덕물산, 금홍양행 일본 영업팀 등에서 근무했다. 2007년 현재 한국사이버번역아카데미 일본어 강사 및 일본어 전문번역가로 활동 중이다.
옮긴 책으로 『정리의 기술』, 『성공하려면 인생의 스승을 찾아라』, 『35세의 인생 대역전』, 『3분 스피치』(이상 북뱅크), 『전략적 의사결정을 위한 문제해결 툴킷』(새로운 제안), 『그녀의 거울』(상상예찬) 등이 있다.

돈을 끌어당기는 사람들의 비밀

지은이 | 도리이 유이치

옮긴이 | 이봉노

초판 1쇄 발행 | 2008년 2월 29일

초판 3쇄 발행 | 2009년 1월 15일

펴낸이 | 최용선 **펴낸곳** | 도서출판 **북뱅크**

등록번호 | 제 1999-6호

주소 | 인천광역시 부평구 십정2동 441 종근당빌딩 501호

전화 | (032)434-0174 / 441-0174

팩스 | (032)434-0175 **메일** | bookbank@unitel.co.kr

ISBN | 978-89-89863-59-5 03830